Keap Swinging

2014.04

이 재 진

청춘은
찌글찌글한
축제다

지은이 인재진

그는 대한민국에서 비대중적인 재즈와 월드뮤직 등의 음악 관련된 일을 하는 기획자다. 한때 그의 별명이었던 '흥행업계의 마이너스 손', '희귀음반 전문 제작자'는 그의 찌글찌글했던 지난날들을 상징적으로 보여 준다. 2004년 경기도 가평의 자라섬에서 〈자라섬국제재즈페스티벌〉을 시작해 지금까지 총감독으로 일하며 이 축제를 '대한민국 최우수 축제', '아시아 최고의 재즈 페스티벌'로 일궈 냈다. 해외 음악계에서 'JJ'라는 이름으로 잘 알려져 있는 그는 아시아를 대표하는 음악 페스티벌 감독으로 대한민국의 음악을 알리는 데 노력하고 있다. 재즈 아티스트 나윤선의 남편이기도 한 그는 오랫동안 서울에서 거주하다 가평읍 마장리로 이사해 8년째 살고 있으며, 요리와 작은 텃밭 그리고 아내와 함께 시간 보내기에 관심이 많다. 현재 호원대학교 공연미디어학부 학부장으로 재직 중이다.

성공의 무대를 만든 위대한 실패의 기록들

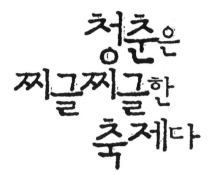

청춘은
찌글찌글한
축제다

인재진 _자라섬국제재즈페스티벌 총감독

마음의숲

가끔 북한강에 나가 낚싯대를 드리우고 앉아 강물을 바라보면서 매일 물살이 똑같지 않다는 걸 알게 되었다. 마치 내 마음처럼 큰 물결과 작은 물결을 불규칙하게 만들며 흘러가는 것 같았다. 물고기는 좀처럼 잡히지 않았고, 집으로 돌아가는 길은 멀게만 느껴졌다. 뻔히 보이던 가까운 미래조차 쉽게 다가오지 않았던 그 시간은, 멈춘 게 아닌가 하는 생각마저 들게 했다.

찌글찌글했던 나의 인생에서 물음표를 빼면 아무것도 아닌 게 된다. 예술적 재능이 뛰어났던 것도 아니었고, 잘하는 일이 무엇인지도 몰랐던 시절, 나는 수많은 물음표와 싸워야 했다. 젊음은 이러한 질문과 싸워 답을 찾아가는 과정이라고 생각한다.

돌아보면 우리 삶에서 필요하지 않은 시간은 없는 것 같다. 그것이 후회로 남든 즐거움으로 남든 자신 안에서 계속 무엇인가를 갈구하고 있는 것이다. 가치를 따질 수 없는 무형의 자산을 만들어 나가는 시간을 청춘이라 말하고 싶다. 어설픈 글로 청춘들을 위로하려는 내 자신이 너무 부끄럽기도 하지만, 지금 힘든 시간을 보내고 있는 이들에게 조금이나마 도움이 되기를 바란다.

찌글찌글하게만 느껴졌던 나의 지나온 순간들이 실제 빛나는 축제였다는 것을 깨닫게 되기까지 그리 오랜 시간이 걸리지 않았다.

청춘은 찌글찌글한 축제다.
아니 즐겁기만 하다면 모든 삶은 축제다.

일일이 열거할 수 없는 많은 분들께 감사한다. 특히 그간 아들을 위해 늘 기도하셨던 부모님께 깊이 감사드린다. 부족한 글을 책으로 만들어 준 도서출판 마음의숲 권대웅 대표와 박희영 편집주간을 비롯한 김지인, 하별 양에게 깊은 감사를 드리고 나와 함께 축제의 길을 걸어가는 자라섬재즈센터의 스태프들에게 평소 말로 표현 못한 고마움을 이 지면을 빌려 표한다. 마지막으로 내 삶을 바꿔 준 나의 아내 나윤선에게 깊은 사랑과 존경을 담아 이 책을 바친다.

인재진

JJ STORY

SCENE 3 와글와글

SCENE 4 뚜벅뚜벅

SCENE 1
꿈틀꿈틀

JARASUM JAZZCENTER STAFF

인재진 대표님과 일하면서 가장 크게 느낀 것은 "내가 하고자 하는 것을 할 수 있구나."라는 것이었다. 굉장히 멋있는 경험이었다. 어떤 조직이든 마찬가지겠지만 아이디어가 떠올랐다고 해서 바로 실행하기란 쉽지 않다. 그런데 인재진 대표님은 우리에게 창의적인 사고를 많이 할 수 있도록 장려하신다. 설사 그것이 굉장히 무모한 일이라 할지라도.

자라섬이 깨어나던 날

2003년, 그때 나는 대한민국에서 번듯한 재즈 페스티벌을 하나 만들고 싶다는 꿈을 매일 꾸고 있었던 것 같다. 페스티벌 디렉터로 70세까지 일하다 은퇴하는 꿈 말이다. 그리고 그해 겨울, 사건은 벌어지고 말았다.

지금은 평창에서 〈감자꽃스튜디오〉를 운영하는 친구 이선철의 부탁으로 문화기획 관련 강의를 할 기회가 있었다. 한 신문사에서 주관한 강좌였는데, 당시 나는 재즈 페스티벌을 너무 하고 싶어 했던 터라 당연히 강의도 페스티벌을 주제로 끌어나갔다.

그런데 그로부터 두어 달 뒤, 나의 페스티벌 강의를 인상 깊게 들었다며 가평군 공무원 이문교 주사로부터 전화를 받게 되었다.

—

못할 게 없었다.

아니, 뭐라도 해야 했다.

"재즈 페스티벌을 하고 싶은데 예산이 얼마나 들까요?"

나는 아티스트 섭외 비용을 제외한 무대 등의 설치 비용만 말해주었다.

"3억이요."

다시 질문이 돌아왔다.

"가평에서도 재즈 페스티벌을 할 수 있을까요?"

그때까지만 해도 나는 그가 정말 재즈 페스티벌을 추진할 수 있을 것이라고는 생각도 하지 못했다. 그래서 대충 대답했다.

"못할 게 뭐 있겠습니까?"

사실 나는 '큰일'에 대한 두려움이 별로 없다. 대부분의 일은 해결할 수 있는 범위의 일이라고 전제하기 때문이다. 이러한 성격 때문인지 재즈 페스티벌을 할 수 있겠느냐는 이문교 주사의 물음에 바로 YES라고 대답하고 말았다.

전화를 끊고 가평으로 향했다. 당시 가평은 내세울 만한 지역 페스티벌이 없던 상황이었다. 그래서 이문교 주사는 다른 지역과는 차별화된 페스티벌을 구상해 지역 발전을 도모하고자 재즈 페스티벌을 고려했던 것이다.

이문교 주사는 가평 시내를 중심으로 자신이 생각해 두었던 페스티벌 장소를 소개했다. 대규모 페스티벌을 기획하고 있었던 나는 당연히 접근성이 뛰어나며 많은 사람들을 수용할 수 있는 기본 시설이 갖춰진 곳을 머릿속에 그리고 있었다. 그런데 그가 안내한 장소는 모두 페스티벌을 하기에 적당한 곳이 아니었다. 그때 나는 이문교 주사가 페스티벌에 대한 이해가 많이 부족한 상황이라는 사실을 알게 되었다.

지금은 가평으로 이사해 8년째 살고 있어서 당시 그가 보여 주었던 장소가 어디였는지 알게 되었다. 가평 공설운동장을 시작으로 청평 양수발전소 소유의 축구장, 청평 고수부지 등 정말 말도 안 되는 곳들이었다.

가평에서 미국의 뉴올리언즈를 꿈꾼 것은 아니었지만, 그래도 페스티벌을 열 수 있는 최소한의 부지를 예상했던 나는 실망감을 감출 수가 없었다. 이내 마음을 접고 돌아서려고 하는데, 이문교 주사가 난감한 표정을 지으며 마지막으로 남은 장소를 제안했다. 그때 그가 했던 말이 아직도 기억에 남는다.

"비가 오면 잠기는 섬이 한 군데 있는데요,
거기라도 한번 가 보시겠어요?"

그를 따라간 곳은 거의 방치된 섬이었다. 섬 입구에는 경비행장이 있었고, 골재용 모래를 채취하는 허허벌판 황무지였다. 그리고 한구석에서는 조그맣게 농사를 짓고 있었다.

잡초만 무성했던 땅에 나는 축제를 심었다.

그런데 그때 내 가슴이 두근거리기 시작했다. 서울 인근에 그렇게 아름다운 자연경관을 지닌 섬이 있다는 사실이 놀라웠다. 어쩌면 재즈 페스티벌을 열 수도 있겠다는 생각이 머리를 스쳤다. 그리고 설레었다.

나는 그 자리에 서서 그림을 그려 나갔다. 푸른 잔디 위에 무대가 펼쳐지고, 객석이 들어설 것이다. 사람들은 음악을 들으며 행복한 하루를 보내겠지. 무엇보다 중요한 것은 자연과 사람, 음악이 하나가 될 페스티벌을 만들 수 있겠다는 희망이었다. 지금까지 대한민국에서는 볼 수 없었던 재즈 페스티벌을…. 나에게는 그저 즐겁기만 한 상상이었다.

그때 얼떨결에 내 입에서 한마디가 튀어나왔다.

"우와, 여기 정말 멋지네!"

그렇게 아무런 연고도 없던 가평과 인연을 맺게 되었다.

이문교 주사와 헤어진 후 집으로 돌아와 많은 걱정을 했다.
'정말 재즈 페스티벌을 한다고 하면 어쩌지?'
'아닐 거야.'
그런데 걱정을 하고, 하고, 또 하다 보니 사람 마음이 변하는 것 같았다.
'이게 될지도 모르는 거 아닌가.'

한 가지 생각에 몰입하다 보니 나중에는 확신처럼 긍정적인 생각이 밀려오기 시작했다. 가평에서도 재즈 페스티벌을 할 수 있다는.

많은 고민을 끌어안고 있던 나와는 달리 이문교 주사는 재즈 페스티벌을 할 수 있다는 나의 말을 철석같이 믿었다. 그것은 아마도 당시 내가 1천 회 이상의 공연을 무대에 올리며, 꽤 많은 실패와 실수를 경험한 사람이라 생각했기 때문일 것이었다.

"전문가란 특정 분야, 자기 주제에 관해서 저지를 수 있는 모든 실수를 이미 저지른 사람"이라고 물리학자 닐스 보어Niels Bohr가 말하지 않았던가. 이문교 주사는 나의 경험을 깊이 신뢰하고 있었다.

자라섬에 다녀온 뒤 함께 일하던 스태프들을 설득하기 시작했다. 예상치 못한 일은 아니었지만 모두가 입을 모아 부정적인 의견을 내놓았다.

"가평이요? 너무 외지지 않아요?"
"거기까지 사람들이 공연을 보러 올까요?
그것도 재즈 페스티벌을?"

재즈는 매우 도회적인 이미지를 가진 음악이라 더 반발이 심했던 것 같다.

지금은 자라섬이라고 불리지만 재즈 페스티벌을 기획할 때만 해도 중국섬, 중곡섬 등 통일되지 않은 여러 개의 이름으로 불렸던 황무지, 방치되었던 그 섬에서 나는 재즈 페스티벌의 밑그림을 그려 나갔다. 그것이 바로 자라섬이 깨어나기 시작한 날이다.

임상이 부른 시작

〈자라섬국제재즈페스티벌Jarasum International Jazz Festival〉을 버려
진 황무지에서 조금은 무모하게 시작할 수 있었던 것은 순전히 인
연이 만들어 준 경험 덕분이었다. 내게 〈포리 재즈 페스티벌Pori
Jazz Festival〉을 관람할 기회가 주어지지 않았다면 아마도 불가능한
일이었을 것이다.

공연 기획은 철저히 프로페셔널한 일이지만, 그 시작은 정말 알
수 없는 인연에서 비롯될 때가 있다. 많은 우연과 인연이 뒤섞여
삶이 되는 것 같다. 비록 그 시작은 임상이 부른 무모함이었을지
라도 나는 포기하지 않았다. 페스티벌을 만들고자 하는 의지와 열
망이 내게 있었고, 어디에서든 나의 무대를 세울 수 있다는 자신
감이 넘쳤다. 이러한 생각은 10년 전 자라섬에 재즈 페스티벌을

처음 올렸던 그때도, 지금도 변함없이 이어지고 있다. 포리에서의 감동이 사라지지 않는 것처럼.

핀란드에 위치한 인구 8만의 작은 해안 도시 포리에서는 해마다 재즈 페스티벌이 열린다. 1966년 처음 열린 〈포리 재즈 페스티벌〉은 전체 인구 520만 명에 불과한 핀란드에서 연평균 15만 명이 관람할 정도로 큰 국민 축제로 자리 잡았다. 핀란드의 인구수를 생각하면 40여 년 동안 전 국민이 왔다 갔다고 해도 과언이 아니다.

〈포리 재즈 페스티벌〉에 갈 기회가 주어진 것은 2001년 호주에서 열린 국제재즈포럼에 패널리스트로 초청받았을 때다. 호주의 주요 도시 몇 군데를 여행하며, 현지 아티스트들의 쇼케이스도 보고, 대화도 나누는 자리였다. 그곳에서 나는 〈포리 재즈 페스티벌〉의 전설적인 디렉터 유리키 캉가스Jyrki Kangas를 처음 만나게 되었다. 그는 1966년 21세의 나이로 〈포리 재즈 페스티벌〉을 만든 사람으로, 몇 년 전까지 페스티벌 디렉터로 계속 일하다 65세를 맞아 은퇴했다.

국제재즈포럼에서 만난 유리키 캉가스와 나는 몇 마디 말을 섞을 수가 없었다. 오랜 세월 다져진 페스티벌 디렉터로서의 내공이 느껴져서인지 쉽게 말을 걸기가 어려웠고, 실제 말수도 적었다. 태어나서 지금껏 그렇게 사귀기 힘든 사람은 처음 만났던 것 같다.

사람들은 보통 만나면 서로 대화를 나누며 분위기를 익힌다. 그리고 상대를 조금 더 알아 가는 시간을 가지려 노력한다. 그런데 유리키 캉가스는 시종일관 과묵했다. 나이 차이가 많이 나기도 했지만, 굉장히 어려운 양반이었다. 당시 나는 별 볼 일 없는 기획자였고, 유리키 캉가스는 전설적인 디렉터 반열에 올라 있었기에 어쩌면 그와 나의 대화가 단절되었던 것은 당연한 일이었는지도 모른다.

국제재즈포럼의 예정된 일주일 중 3일째 되는 날이었다. 뒤풀이 자리가 있었는데, 공교롭게도 유리키 캉가스의 맞은편에 내가 앉게 되었다. 당연히 분위기는 상당히 데면데면했고, 어색함 속에서 혼자 맥주를 마셔야 했다. 그런데 그때 나도 모르게 얼굴을 돌리고 맥주를 마셨다. 윗사람과 술을 마실 때면 으레 하게 되는 우리나라 사람들의 본능적인 예의였다. 유리키 캉가스는 그 순간을 놓치지 않고 내게 물었다.

"왜 얼굴을 돌리고 맥주를 마셔요?"

너무 당연한 일이라 나는 바로 대답했다.

"한국에서는 훌륭한 사람이나 연장자 앞에서 술을 마실 때는 얼굴을 돌려서 마시는 것이 예의입니다."

그는 무척 신기한 듯 좋아했다. 의외의 반응이었다.

'드디어 전설적인 디렉터와 말을 섞게 되는 순간이 온 것인가.'

나는 내심 기회가 찾아왔다는 생각에 들떠 있었다. 유리키 캉가스는 내가 예의 바른 청년이라 생각했는지 이후 페스티벌과 관련된 많은 이야기를 해 주었다. 자신을 존경하고 있다는 느낌을 받았던 것 같다.

유리키 캉가스 Jyrki Kangas

—

많은 우연과 인연이 뒤섞여 삶이 된다.

국제재즈포럼 일정을 마치고 헤어져야 할 날이 찾아왔다. 그때 유리키 캉가스는 내게 한 가지 약속을 했다.

"내년에 있을 〈포리 재즈 페스티벌〉에 초청할 테니 꼭 시간 내서 놀러 오세요."

그때까지만 해도 나는 그의 말을 곧이곧대로 믿지 않았다.

이듬해 봄, 유리키 캉가스의 말이 진심이었다는 걸 알게 되었다. 우리나라에 있는 핀란드 대사관으로부터 연락이 온 것이다. 핀란드 대사는 유리키 캉가스가 〈포리 재즈 페스티벌〉에 나를 초청했다며 만남을 요청했다. 그리고 어떻게 유리키 캉가스를 알게 되었느냐며 무척이나 신기해했다. 유리키 캉가스는 핀란드에서 너무나도 유명한 사람이었다. 그도 그럴 것이 작은 나라인 핀란드에서 30여 년 동안 〈포리 재즈 페스티벌〉을 올리고 있는데 유명하지 않으려야 않을 수 없는 사람이었다.

핀란드 대사는 나에게 호텔 숙박료와 항공료, 별도의 일비까지 지원해 주며 재미있는 시간을 보내고 오라고 격려해 주었다. 이후 핀란드에 도착해 알게 된 사실이지만, 나에게 주어진 페스티벌 입장 패스는 단지 공연 관람의 기회만 주어진 것이 아니었다. 무대 뒤 대기실뿐만 아니라, 원하는 곳은 어디든 갈 수 있는 그야말로 'All Access Pass'였다.

핀란드 〈포리 재즈 페스티벌〉의 메인 스테이지에서는 4만여 명의 관객들이 무대를 바라보며 환호성을 지르고 있었다.

'우와, 진짜 이런 일이 일어나는구나.'

나는 미친 듯이 공연장을 훑고 다녔다. 그곳에서 나는 위대한 색소포니스트인 웨인 쇼터Wayne Shorter를 비롯해 부에나 비스타 소셜 클럽Buena Vista Social Club 멤버 등 재즈계의 별들을 만났다. 그리고 당시 핀란드 대통령이었던 할로넨Tarja Halonen 여사를 만나기도 했다. 달랑 경호원 한 명만을 대동하고 페스티벌에 참석한 할로넨 여사는 무대 위에 올라 소울 음악의 대부인 제임스 브라운 James Brown을 소개했다. 그들은 자연스럽게 섞여 춤을 추며 페스티벌을 즐겼다. 정말 우리나라에서는 상상조차 할 수 없는 모습이었다.

유리키 캉가스는 세계적인 아티스트들과 오랜 시간 함께 일하며 스스럼없는 친구가 되어 있었다. 그때 나는 깨달았다. 세상에 이런 멋진 직업도 있다는 것을.

'야, 이거 진짜 멋진데.
이런 페스티벌 하나 만들면 정말 좋겠다.'

신기함과 동시에 충격이 밀려왔다. 그리고 나는 마음을 굳혔다.
'나도 이 형처럼 살아야지.'

페스티벌이 끝난 뒤 비행기에 올랐다. 여러 가지 생각들이 복잡하게 뒤섞여 일렁였다.

'한국에 가면 꼭
〈포리 재즈 페스티벌〉 같은 페스티벌을
하나 만들어야지.
무대를 세우고 많은 사람들을
음악 속에서 행복하게 만들어야지!'

대학로에서 재즈 전용 극장인 '딸기극장'을 운영하던 그때 내 나이는 36세였다.

〈자라섬국제재즈페스티벌〉을 열던 2004년에도 포리를 방문했다. 그때 유리키 캉가스가 무대 뒤로 나를 불렀다. 별도로 마련된 대기실에 식당이 있는데, 함께 밥을 먹자는 것이었다. 나는 그곳에서 스티비 원더Stevie Wonder를 보고 깜짝 놀랐다. 입이 다물어지지 않았다. 정말 포리는 나에게 별천지였다.

그렇게 몇 년간 포리를 방문하며 다소 무모할지라도 나의 재즈 페스티벌을 꿋꿋이 지켜 낼 수 있는 경험을 쌓아 갔다.

주사위는 던져졌다

황무지였던 자라섬에 1회 〈자라섬국제재즈페스티벌〉의 무대를 세우는 일은 열악함 속에서 시작되었다. 그때 나는 딱 한 가지 생각만 했던 것 같다. 그것이 무엇이든 원하는 모습을 열심히, 그리고 뚜벅뚜벅 만들어 가면 되는 것이라고.

'자연경관은 핀란드의 포리보다 우리가 더 아름답지 않은가. 서울과 그리 멀지 않은 곳에 위치해 있고. 〈포리 재즈 페스티벌〉 또한 황무지에서 시작하지 않았던가.'

지금은 국민 축제의 장이 된 포리를 나는 자라섬에서 재현하고 싶은 마음이 솟구쳤다.

〈포리 재즈 페스티벌〉을 떠올리며 나는 이문교 주사에게 확신에 찬 말을 건넸다.

"우리 어떻게 하든지
페스티벌을 시작해 봅시다."

주사위는 이미 던져졌다. 처음 이문교 주사에게 말했던 3억이라는 무대 설치 비용으로 아티스트까지 섭외하는 일은 굉장한 무리수였다. 우선 부족한 예산을 확보하는 일이 시급했다.

당시 가평군에서는 그 누구도 이 행사가 성공할 거라 믿지 않았다. 그리고 우리가 말도 안 되는 일을 벌인다며 수군댔다. 그도 그럴 것이 담당자였던 이문교 주사조차도 페스티벌의 성패를 반신반의하는 상황이었기 때문이다.

뿐만 아니라 가평 주민들은 재즈라는 장르에 대한 인식이 전무한 상태였고, 페스티벌에 대한 이해도 부족했다. 전체를 보지 못하고 자기가 알고 있는 부분만 고집하는 맹인모상盲人摸象인 격이었다. 그러나 나는 매일매일 의도적으로 페스티벌이 성공할 것이라는 확신을 마음속에 쌓아 갔다.

가평군에서도 추가 예산을 책정해 주었다. 그리 큰 금액은 아니었지만 당시 가평군의 재정 규모로 볼 때 적은 예산은 아니었기에 일부에서는 성공이 불확실한 페스티벌에 너무 많은 돈을 쓰는 것이 아니냐는 비난도 일었다. 우리는 일을 추진하면서 의심 어린 시선을 계속 받아야 했고, 철저한 무관심 속에 방치되었다.

부정적인 무관심이 계속되는 가운데 계획을 하나 세웠다. 2004년 7월, 가평 군수 이하 몇몇의 유럽 견학 일정이 잡혔다. 나는 유럽 견학 프로그램 중 1박의 일정을 변경해 〈포리 재즈 페스티벌〉을 관람하자는 제안을 했다. 가평 공무원들의 인식을 바꾸는 일이 급선무였기 때문이다.

실제 포리를 방문한 사람들은 공연을 관람한 뒤 입을 다물지 못했다. 예상했던 대로 정말 놀라워했다. 환상적인 재즈 연주와 환호하는 관객의 모습이 그들의 눈앞에 펼쳐졌던 것이다.

이미 여러 차례 포리를 방문한 경험이 있었던 나는 친분이 있던 유리키 캉가스를 소개해 주었다. 그리고 주어진 하루의 시간 동안 그들이 보면 좋을 것 같은 공연을 선별해 관람하도록 했다.

이내 가평 공무원들의 무관심이 변하는 시점이 찾아왔다.

"아, 우리도 이렇게 멋지게 할 수 있지 않을까요."

공무원들의 태도는 급변했다. 그러나 행사 날까지는 시간이 너무 촉박했다. 바로 9월 페스티벌이 코앞에 다가와 있었기 때문이다. 페스티벌을 준비할 수 있는 시간은 부족했지만, 우리는 다 같이 잘해 보자며 서로 격려했다.

가장 다행스러웠던 일은 가평 군수도 직접 〈포리 재즈 페스티벌〉을 관람한 덕분에 이후 진행에 더욱 박차를 가할 수 있었던 것이다. 우리나라 사람들은 순발력이 뛰어나기 때문에 짧은 시간 안에 뭐든 정말 잘한다.

본격적으로 페스티벌을 준비했다. 이해가 부족했던 사람들의 마음을 돌리는 일이 가장 힘들었지만, 그래도 모든 스태프들이 힘을 합쳐 몸으로 마음으로 뛰었다.

여러 번 부족한 예산을 채워야 하는 문제에 부딪혔다. 페스티벌을 만들어 수익을 올리는 일은 생각도 할 수 없을 만큼 부족했다. 페스티벌이 연속성을 갖기 위해서는 시작이 중요했기에 나는 그저 훌륭한 공연을 연출하는 일에만 집중했다. 그렇지 않으면 다음 해는 없다는 생각으로 정말 열과 성을 다했다.

공무원들과 의견 대립도 잦았다. 가시적으로 성과가 나와 줘야 하는 그들도 부담이 없었던 것은 아닐 것이다. 하지만 나 또한 예산을 남겨 개인적인 이익을 챙기겠다는 생각보다는 없는 돈이었지만 나의 사비를 털어서라도 꼭 페스티벌을 성공적으로 올리고야 말겠다는 생각만 했다. 방편으로 공공기업의 후원뿐만 아니라 개인의 협찬도 받아 낼 각오가 되어 있었다.

이례적으로 페스티벌 첫 회에 KTF로부터 협찬을 받았는데, 이러한 협찬에 대해서도 공무원들 사이에서는 말이 많았다. 공무원들은 민간기업의 협찬을 받는 것에 익숙하지 않았는데, 굳이 이곳저곳을 찾아다니며 협찬을 부탁한다는 것이 그들 입장에서는 내키지 않는 일이었기 때문이다. 그들은 주어진 예산 안에서 잘 쓰면 된다고 생각했고, 어찌 보면 맞는 말이기도 했다.

새로 시작하는 페스티벌임에도 불구하고 KTF에서 협찬을 받게 된 이유가 있었다. 2003년 문화마케팅을 고민하던 KTF 마케팅 담당자와 일을 하게 되었다. 그런데 담당자의 지나친 의욕과 나의 섣부른 판단 착오로 당시 나는 꽤 큰 경제적 손실을 봐야 했다. 도의적인 책임을 느꼈던 KTF 측 담당자는 내내 미안한 마음을 가지고 있었기에 어떤 방법으로든 나에게 도움을 주고자 했다. 그래서 약 5천만 원이라는 큰돈을 협찬하게 된 것이다.

그런데 협찬을 하면서도 그 이상의 가치 창출을 원하는 것이 기업의 생리다. 그래서 나는 KTF 회원을 대상으로 1,100만 장의 무료 입장권을 주었다. 모든 이벤트 티켓이 그렇듯 동반 1인이 무료이기에 실제로는 2,200만 명이 공연을 관람할 수 있는 상황이 되었던 것이다.

당시 우리나라에서 가장 큰 인테리어 회사였던 중앙디자인에서도 후원하여 페스티벌 무대를 설치해 주었다. 그런데도 예산이 부족해 나는 용감하게 돈을 빌리러 다니는 상황에 이르렀다.

나는 가평군에서 축제를 담당하고 있었던 문화관광과 김한교 과장과 민병엽 계장, 이문교 주사에게 돈을 빌렸다. 과장에게는 2천만 원을, 계장에게는 1천5백만 원을, 담당 주사에게는 1천만 원을 빌려 달라고 부탁했다. 그때 김한교 과장이 내게 건넨 말이 있다.

"공직 생활 26년째인데, 업자가 찾아와서 돈을 빌려 달라고 하는 건 처음이야. 이런 경우는 듣도 보도 못했는데, 왠지 빌려 줘야 할 것 같은 생각이 드네."

그날로 나는 세 사람에게 돈을 받을 수 있었다. 과장은 사업하는 친구에게 빌려서, 계장은 마이너스 통장에서 꺼내서, 그리고 담당 주사는 아내에게 부탁해서 돈을 마련해 주었다. 그때 내가 느낀 것은 대한민국 공무원들이 정말 돈이 없다는 것이었다. 지금 생각하면 공무원에게 돈을 빌린다는 것 자체가 우스운 일이었지만, 실제 세 사람 모두 내게 돈을 빌려 주며 페스티벌에 대한 애정을 더 갖게 되었을 것이라 추측해 본다.

〈자라섬국제재즈페스티벌〉이라는 이름이 생기기까지도 말이 많았다. 공무원들은 가평을 알리는 데 1차 목적을 두었지만, 나는 지역은 페스티벌이 커지면 자연스럽게 홍보된다는 입장이었다.

처음 나왔던 페스티벌의 이름은 〈가평 재즈 페스티벌〉이었다. 나는 정말 빡빡 우겼다. 자라섬이 가평 안에 있는 것이고, 이름 자체가 주는 느낌도 좋다며 설득했다. 또한 영어로 발음해도 너무 멋지지 않느냐고 했다.

"Jarasum International Jazz Festival."

페스티벌 티켓을 팔았다. 1만 원이었는데, 이 또한 쉽게 이루어진 일은 아니었다. 당시 가평군 공무원들은 티켓을 파는 것에 대해 아무도 이해하지 못했다. 지방자치단체가 주최하는 행사에서 입장료를 받아 본 적이 없었기 때문이다. 지금도 지방에서 열리는 대부분의 축제에서 입장료를 받지 않는 것을 보면 쉽게 이해할 수 있는 부분이기는 하다. 그러니 하물며 10년 전에 진행된 지역 행사에서 돈을 받는다는 것은 상상도 못할 일이었던 것이다. 그러나 나는 끝까지 우기고 우겨, 결국 상징적인 1만 원의 입장료를 받기로 결정했다.

그런데 문제는 여기저기에서 끝도 없이 터졌다. 가평군에서 페스티벌을 한다는 소식을 듣게 된 모 신문사에서 압력을 가해 왔다. 신문사 측은 가평 군청으로 찾아와 페스티벌을 신문사 문화사업팀에서 주도하게 해 달라고 고집했다. 그 상황을 보다 못한 이문교 주사는 자신의 자리를 내던지면서까지 페스티벌을 지키려 했다.

"이 행사가 그냥 일반적인 행사라면 어디에서 주관해도 상관없습니다. 그런데 재즈 페스티벌이기 때문에 나름대로 전문성이 필요한 장르입니다. 그래서 전문 기획자와 일을 해야 한다고 생각합니다. 만약 이것이 일반적인 행사처럼 된다면 저는 지금 당장 사표를 쓰겠습니다."

순간 사무실 분위기가 싸늘해졌다. 하지만 그의 용감한 발언으로 신문사 측의 압력은 흐지부지되었고, 군수는 이문교 주사에게 무척 고마워했다.

"재즈 페스티벌이 뭔지는 잘 모르겠지만 담당자가 소신을 갖고 일할 수 있도록 내가 열심히 도와주겠네."

군수는 약속과 함께 격려를 보냈다.

일을 해 나가는 과정에서도 나는 끊임없이 흔들렸다. 마음 한편으로는 정말 많은 걱정을 안고 있었다.

'페스티벌이 잘 되겠지? 이게 되겠지….'

무대가 세워지던 그날까지도

사람들은 나를 부정했다.

그리고 페스티벌을 부정했다.

하루에도 열두 번씩 불안과 초조가 엄습했다.

어느새 페스티벌이 10일 앞으로 다가왔다. 나는 무대 설치를 준비하는 자라섬에 나갔다. 그때 땀을 뻘뻘 흘리며 분주하게 움직이는 사람들의 모습이 눈에 들어왔다. 순간 가슴 한곳이 뭉클했다. 그리고 겁도 났다.

'내가 뭐라고 이 많은 사람들의 시간과 노력을 뺏고 있는 것일까. 왜 잘될 것이라는 확신도 없는 페스티벌을 올리겠다고 한여름 땡볕 아래에서 이렇게 사람들을 고생시키고 있는 것인가. 도대체 내가 지금 무슨 짓을 하고 있는 걸까.'

생각은 꼬리에 꼬리를 물었고, 답은 결국 내 안에서 찾아야 했다. 이 모든 순간을 되짚어 올라가면 어느 한 정점에 내가 서 있다는 사실을 인식하게 되었다. 사람들의 노력이 헛되지 않도록 만들어야 하는 그 무한 책임이 나에게 있었던 것이다. 뭉클했던 마음을 다잡았다. 꼭 무대 위에 멋진 공연을 올려야 했다. 그것은 이유가 없었다.

행사 시작 3일 전, 나는 느낄 수 있었다.

'아, 이 페스티벌이 성공하겠구나.
되겠구나.'

느낌이 확 왔다. 당시 여러 언론 매체에서 다뤄 준 〈자라섬국제재즈페스티벌〉에 대한 긍정적인 평가는 내게 많은 응원이 되었다. 그런데 문제는 사람이었다. 관객이 올 것인지, 온다면 얼마나 올 것인지 아무도 장담할 수 없는 일이었기에 정말 큰 고민이었다. 서울에서 가평까지 이동하는 1시간 30분이라는 거리는 물리적, 심리적으로 큰 장벽이었다. 관객 수는 성패를 좌우할 첫 번째 열쇠였지만, 티켓의 판매량은 미미하기 그지없었다.

당시 자라섬 입구가 잘 보이는 곳에 나무 한 그루가 서 있었다. 행사 당일 김한교 과장은 그 나무를 붙잡고 행사장 입구만 바라보며 노심초사했다. 그때 김한교 과장이 내게 한 말이 있다.

"관객이 안 오면 인재진 감독과 나는 북한강으로 들어가야 해."

저녁 6시에 공연이 시작될 예정이었는데, 5시가 지나도 사람들은 별로 오지 않았다. 그런데 5시 30분이 조금 지나기 시작하면서 피난민 행렬이 몰려오듯 자라섬 안으로 사람들이 들어왔다. 정말 감동적인 순간이었다.

이후 나는 그 나무를 '김한교 나무'라고 불렀다.

판을 깔 다

처음 자라섬에는 무대를 설치할 평지도 잔디밭도 주차 공간도 전기도 수도도 없었다. 이 모든 것을 우리는 단 두 달 안에 만들어야 했다. 지천에 널린 갈대밭을 활용해 미로를 만들었고, 먹거리를 비롯한 행사장들이 들어설 공간도 확보해 나갔다.

무대 앞 객석에는 관객들이 앉을 수 있도록 당장 잔디를 심어야 했다. 하지만 잔디가 자라는 데 시간이 너무 오래 걸려, 대신 일주일 정도면 싹이 올라오는 호밀을 심었다. 그리고 많은 사람들이 편안하게 쉴 수 있도록 잣나무 원목으로 판을 짜 긴 나무 의자를 만들었다. 그런데 잣나무에서 송진이 배어 나와 급히 비닐을 덮어야 했다. 예상치 못한 난관은 곳곳에서 터져 나왔다. 공연장을 만드는 일은 좀처럼 끝이 보이지 않았지만, 그래도 우리는 지치지 않았다.

처음 내가 그린 자라섬의 모습은 이랬다. 허허벌판에 자연을 심고, 햇살을 피할 공간과 휴식을 편안하게 늘어놓은 뒤, 공기 중에 잔잔히 음악을 띄우는 아름다운 가을 풍경.

2004년 9월 10일, 축제는 시작되었다. 사람들이 모여들기 시작했고, 음악은 자라섬을 가득 채웠다. 관객들에게는 너무나 생경한 자라섬이었지만 내가 생각했던 '자연, 가족, 휴식 그리고 음악'이라는 주제에 걸맞은 장면들이 연출되었다. 1년에 한 번 떠오르는 축제의 섬으로 말이다.

산들바람이 부는 초가을, 푸른 초원 위에 돗자리를 깔고 삼삼오오 모여 앉아 음악을 듣고 이야기를 나누는 모습은 내가 꿈꾸던 음악 축제의 모습과 거의 일치했다. 마치 천국에 이른 것만 같은 기분이었다. 그때의 성취감이란 말로 표현할 수가 없다.

그런데 둘째 날부터 악몽이 시작되었다. 폭우가 쏟아진 것이다. 햇살을 피할 공간은 고사하고, 비를 피할 방편도 없었다. 사람들은 행사장에 비치되어 있던 파라솔을 우산 대신 쓰고 도망치듯 빠르게 자리를 떠났고, 공연은 삽시간에 내동댕이쳐졌다. 지금이야 웃으며 회상할 수 있지만, 천국과 대비되었던 그날의 폭우는 아직도 내 마음속에 계속 내리고 있다. 마치 음악의 선율처럼.

구름 한 점 없던 화창한 날씨는 거짓말처럼 사라지고, 사방 천지가 물바다로 변했다. 북한강의 수위가 올라가며 자라섬은 점점 물에 잠기고 있었다. 진창으로 변해 버린 섬에서 아티스트들의 차를 빼기 위해 견인차를 불러야 했고, 음향 장비가 물에 잠겨 감전 사고가 일어나기도 했다. 주차장에는 미처 빠져나가지 못한 자동차들이 뒤엉켜 있었다. 그야말로 전쟁터를 방불케 했다. 결국 나는 그날의 모든 공연을 전면 취소하라고 지시했다.

상황은 긴박했다. 신속하게 상황을 정리해야 했지만, 모든 것은 통제 불능에 가까웠다. 관객들은 심하게 동요했다. 너도나도 언성을 높여 총감독을 찾아 댔고, 배상을 요구하는 사람들은 늘어만 갔다. 심지어는 자라섬에 올 때까지 들인 시간적 배상과 숙박료를 요구하는 사람들도 있었다. 몇 달간 열심히 준비한 페스티벌이 한순간 물거품이 되고 말았다. 악천후가 몰고 온 아수라장이었다.

나는 대기 중인 아티스트들에게 공연이 취소되었다는 말을 전하기 위해 급히 이동했다. 그때 운전석에 있던 스태프가 대성통곡하기 시작했다. 정말 열심히 준비했기에 속상한 마음을 감추지 못했다. 나는 창밖으로 눈을 돌렸다. 마치 영화의 한 장면처럼 빗속을 뛰어다니는 사람들의 모습이 느리게 지나갔다. 눈물을 꾹 참았다. 아주 오랫동안 꾹 참아야 했다.

폭우 속에 유리키 캉가스도 있었다. 우리나라에서는 유례가 없던 재즈 페스티벌을 처음 올리던 날을 나는 그에게 보여 주고 싶었다. 그러나 그에게 보여 줘야 했던 것은 진흙탕으로 변해 버린 공연장이었다. 유리키 캉가스는 공연장의 이곳저곳을 둘러본 뒤 개

—

그날의 폭우가 내게 남긴 건, 사람이었다.

선해야 할 점을 정리해 알려 주었다.

그의 가장 큰 지적 사항 중 하나가 바로 무대 위에 지붕을 덮으라는 것이었다. 그러나 나는 그때 지붕을 덮을 돈이 없었다. 그것은 그날의 악천후가 내게 알려 준 가장 큰 교훈이기도 했다.

야외에서 공연을 하면서 비를 만난 것은 그때가 처음이었다. 결과적으로 악천후가 페스티벌에 큰 영양분이 되었지만, 결코 모든 공연이 감동으로 마무리되지 않는다는 것을 나는 잘 알고 있었다. 현장에서 쉽게 감당할 수 없는 일들이 많이 벌어지기 때문이다. 위기 상황을 헤쳐 나가는 일은 기획자에게 큰 도전이자 모험이 되기도 한다.

관객들의 비난을 고스란히 받으면서도 나는 꿋꿋이 상황을 수습해 나갔다. 이미 망가질 대로 망가져 버린 공연장에 들어가 삽을 들고 스태프들과 함께 진창을 복구했다. 내일의 공연을 준비해야 했기 때문에 무대를 정상화시키려고 열심히 노력했다. 아마도 그 모습을 본 후 관객들은 화를 누그러뜨렸던 것 같다. 진심은 어디서나 통한다고 하지 않던가. 첫날에 펼쳐졌던 멋진 공연을 기억하고 있던 관객들은 안타까운 마음을 드러내기 시작했다.

"아, 악천후만 아니었다면 굉장히 멋진 축제가 되었을 텐데…."

비난도 많았지만 절반의 성공을 응원하는 관객들의 모습이 눈에 띄었다.

돌아보면 자라섬에서 페스티벌을 올렸던 4회까지 강수량의 차이만 있었을 뿐 계속 비가 왔다. 이제 비의 양은 내게 그리 중요하지 않게 되었지만, 악천후가 남긴 교훈은 마음속에 굳은살처럼 박혀 있다. 뭐든 처음이 힘든 것 아니겠는가.

무슨 징크스인지 모르겠지만 나는 야외에서 페스티벌을 할 때면 늘 비를 만나야 했다. 총감독을 맡고 있는 또 다른 음악 페스티벌인 〈광주월드뮤직페스티벌Gwangju World Music Festival〉도 4회까지 폭우가 쏟아졌다. 한 자원활동가는 나의 영어 이름인 JJ가 '주르륵주르륵'의 약자냐고 묻기도 했다. 그렇게 나의 축제는 비와 너무 친한, 비를 먹고 자란 페스티벌이 되었다.

〈자라섬국제재즈페스티벌〉 첫 회에 초청한 아티스트들은 대부분 나와 친분이 있는 사람들이었다. 악천후로 공연이 취소되었을 때도 그들은 나의 마음을 먼저 살펴 주었고, 진심 어린 마음으로 응원해 주었다.

"우리는 연주를 할 수 있어.
네가 OK하면 아무리 비가 쏟아져도
공연을 할게."

그들의 마음은 고마웠지만 나는 안전상의 위험을 걱정하지 않을 수 없었다.

다음 날, 비가 그치고 우리는 또 다시 진창을 복구했다. 모래를 뿌려 물웅덩이를 메우고, 무대 앞에 의자를 배치했다. 아티스트들이 비를 피해 공연할 수 있도록 천장이 없던 무대에 임시방편으로 접이식 천막을 쳤다. 그렇게 공연은 오후 2시부터 다시 시작되었다.

그런데 또다시 폭우가 쏟아졌다. 스태프들과 나는 어제와 같은 상황이 반복될까 봐 발을 동동 굴러야 했다. 2개의 무대로 구성되었던 공연을 하나의 무대로 줄여 메인 스테이지에서만 진행했다. 그리고 밴드별로 1시간씩 예정되었던 공연 시간을 각각 30분씩으로 줄였다. 당연히 공연은 앙코르는 받지 않고 진행되었다.

이튿날 폭우로 취소되었던 무대에 피아니스트 디디 잭슨D.D. Jackson이 올랐다. 대기 중이던 일부 아티스트들은 빗속 공연에 난색을 표했지만, 디디 잭슨만은 달랐다. 비는 더욱 거세게 몰아쳤고, 우리는 조마조마한 마음으로 사고 예방에 힘썼다. 무대 설치 구조물인 트러스에 전기가 흐르기도 했기 때문에 한시도 눈을 뗄 수 없었다.

디디 잭슨의 공연은 관객들을 열광하게 만들었다. 그때부터 미친 공연이 시작되었다. 사람들은 모두 자리에서 일어나 퍼붓는 빗줄기보다 더 세차게 하늘로 솟아올랐다. 연주가 끝날 때마다 무대 위에 고인 빗물을 빗자루로 쓸어내려야 할 정도로 폭우는 계속되었지만, 디디 잭슨은 아랑곳하지 않았다.

아티스트의 열정적인 무대에 관객들은 더욱 환호했다. 그리고 거침없는 박수를 보냈다. 그 열기는 한국의 버드The Bird와 스웨덴의 에스비욘 스벤슨 트리오Esbjorn Svensson Trio, 그리고 덴마크의 크리스 민 도키Christian Minh Doky의 공연으로 이어졌다.

아티스트와 관객들은 비와 하나가 되었다. 그리고 폭우는 그들만의 특별한 축제를 만들어 주었다. 이미 우산과 비옷이 무용지물이 된 상황이었지만, 관객들은 마지막 공연까지 자리를 지켰다. 그렇게 혼란과 감동은 뒤늦게 우리를 찾아왔다.

나는 마지막 공연에 우리나라 재즈 1세대 밴드를 올렸다. 대한민국 재즈 역사에 남을 〈자라섬국제재즈페스티벌〉의 시작을 알리는 첫 무대는 지역 고등학교의 관악부 학생들로 구성된 밴드로, 마무리는 척박한 대한민국 재즈에 그 초석을 놓은 원로 재즈 연주자들로 구성된 밴드의 무대로 장식하고 싶은 마음에서였다. 마지막 무대를 본 관객들은 모두 한마음으로, 그리고 진심으로 앙코르를 외쳤다.

그때 한 스태프가 흥에 겨워 무대 아래에서 춤을 추듯 원형을 그리며 뛰기 시작했다. 그 모습을 본 관객들도 덩달아 뛰었다. 모두 정상이 아닌 듯했다. 무대 위에 있던 아티스트들도 기차 행렬이 되어 버린 관객들 뒤로 따라붙었다. 악기가 빗물에 젖는 것 따위에는 신경 쓰지 않았다. 순간 모두가 공감하고 있었다. 재즈에, 그리고 우정에.

나도 그들 속에 섞여 춤추듯 따라 돌았다. 그렇게 만들어진 원 안으로 한 사람씩 들어가 우리는 춤을 추었다. 그때도 비는 계속 퍼붓고 있었다.

제1회 〈자라섬국제재즈페스티벌〉 포스터

지금도 나는 그날을 생각하면 짠하다. 눈물을 글썽이며 무대 뒤편에 서 있던 민병엽 계장의 모습이 잊히지 않는다. 시골 공무원으로서 낯설기만 한 페스티벌을, 그것도 재즈라는 장르를 가지고 공연을 준비하며 마음고생이 많았을 텐데, 새삼 미안하고 고마운 마음이 인다. 민병엽 계장은 정년퇴임을 한 뒤 나에게 이런 말을 건넨 적이 있다.

> "공무원 시절 내게 가장 보람 있었던 일은
> 〈자라섬국제재즈페스티벌〉의 시작을
> 함께한 일이야."

감동은 서로의 따뜻한 마음이 느껴질 때 더 폭발적인 힘을 갖는 것은 아닐까. 10년 전 폭우를 만난 그날, 나는 〈자라섬국제재즈페스티벌〉을 어떻게든 지켜 나가야겠다고 생각했다. 그렇게 황무지였던 자라섬에 나는 재즈의 판을 깔았다.

폭우 때문에 경황이 없어서 그날의 감동을 사진이나 영상으로 기록하지 못한 것은 지난 10년을 돌이켜 보면 가장 큰 아쉬움으로 남는다. 혹시 이 글을 읽는 독자 중에 그때의 기록을 보관하고 있는 분이 있다면 꼭 연락 바란다.

내가 적임자였다

　나의 아내이자 재즈 아티스트인 나윤선을 처음 알게 된 건 2000년 쯤인 것 같다. 프랑스의 〈재즈 인 마르시악Jazz in Marciac〉에서였다. 프랑스 남부의 작은 도시에서 열리는 페스티벌이었는데, 실제 프랑스에서는 가장 큰 페스티벌로 손꼽힌다.

　프랑스 대사관의 초청으로 간 마르시악 재즈 페스티벌은 생소하면서도 놀라운 곳이었다. 인구 1,200명밖에 안 되는 마을에 7,000석이나 되는 극장이 있었고, 그곳으로 수십만 명이 몰려들었다. 나는 그걸 보고 엄청난 충격을 받았다. 페스티벌에 대한 꿈을 어렴풋이 갖기 시작했던 때였다.

　그곳에서 본 프로그램 중에 'Youn Sun Nah Quintet윤선 나 퀸텟'이라는 밴드가 있었는데, 시청 앞 광장 작은 무대에 오를 예정이었다. 그때 나는 '나윤선'이라는 이름을 처음 보았다. 당시 페스티벌 디렉터였던 장 루이 기요몽Jean-Louis Guihaumon이 "윤선 나는 한국의 보컬리스트"라고 설명해 주어 그녀를 알게 되었을 뿐 실제 그곳에서 직접 만나지는 못했다. 이후 한국에서 만나게 되어 비로소 인사를 나눌 수 있었다. 그때도 일을 같이 한 것은 아니었다.

2003년 핀란드 〈포리 재즈 페스티벌〉에서 우리는 다시 만나게 되었다. 그때 나는 한국의 웨이브Wave라는 퓨전 재즈 밴드를 데리고 페스티벌에 참가했는데, 당시만 해도 한국에서 밴드를 데리고 그곳에 참가한다는 것은 전례가 없던 일이었고 사실상 거의 불가능한 일이었다.

그런데 내가 〈포리 재즈 페스티벌〉의 디렉터와 매우 친한 사이였기에 웨이브를 중요한 스테이지에, 그것도 두 번씩이나 세울 수 있었다.

그곳에 공연을 하러 온 나윤선을 보고 나는 굉장히 반갑게 인사했다. 나중에 전해 듣기로는 그날 그녀는 나에 대해 이렇게 말했다고 한다.

"한국에서 어떻게
이 〈포리 재즈 페스티벌〉에
한국 밴드를 데리고 왔을까.
정말 깜짝 놀랐어요."

그것이 두 번째 만남이었다. 그리고 우리는 각자 열심히 활동했다.

한참이 지난 어느 날, 지금의 〈자라섬국제재즈페스티벌〉 음향 감독인 곽동엽에게 연락을 받았다. 나윤선이라는 재즈 아티스트가 새로운 매니지먼트 회사를 찾고 있는데 도와줄 수 있겠느냐는 요청이었다. 곽동엽은 스물여섯 살에 음향 회사를 차려 나를 찾아왔던 친구다. 대학로에서 딸기극장을 할 때였는데, 우리는 힘든 시간을 함께 보내며 친형제 같은 사이가 되어 있었다.

나윤선의 공연이 있을 때 대학로에서 한두 번 도움을 준 것 이외에는 특별히 지속적인 만남이 없다가 곽동엽의 전화를 받고 그녀를 다시 만났다. 당시 나윤선은 유럽에서 많은 활동을 하고 있었지만 국내에서는 활동이 적은 편이었다. 그래서 한국과 연계해 국제적인 활동을 할 수 있도록 도와줄 사람을 찾고 있었고, 나는 그녀가 찾고 있던 유일한 사람이었다. 재즈 음악만의 특별한 정서를 이해하고, 국내외 재즈 시장을 알고 있는 기획자가 거의 없었던 것이 그때 상황이었기 때문이다.

그녀와 헤어지고 돌아오는 길에 나는 곽동엽에게 다시 전화를 걸어 이렇게 말했다.

"동엽아, 나는 나윤선과 사랑에 빠질 것 같아."

이후에 듣게 된 이야기지만 당시 곽동엽은 정말 큰일이라고 생각했다고 한다. 일을 하라고 소개했더니 사랑을 하겠다고 하는 게 정상처럼 보이지는 않았을 것이다.

나윤선,

그녀는 내게 특별함이 무엇인지

알려 준 사람이다.

어쨌든 나는 나윤선이라는 재즈 아티스트를 처음 만났을 때 굉장히 좋은 인상을 받았다. 그리고 무척 특별한 사람이라고 생각했다. 그렇게 우리는 함께 일을 하게 되었다.

요즘 가끔 인터뷰할 때면 기자가 나에게 이런 걸 묻는다.
"다시 태어나도 나윤선 씨와 결혼하시겠어요?"
나는 단 1초도 망설이지 않고 이렇게 답한다.
"나에게 그런 행운이 다시 올 것 같지 않아요. 이런 사람을 내가 다시 만날 수 있을까요."

그녀는 굉장한 매력을 가지고 있었다. 내가 가지고 있지 않은 것들을 너무 많이 가지고 있는 사람이기도 했다. 그런데 문제는 내가 끊임없이 애정공세를 펼쳐도 별로 반응이 없다는 것이었다. 모른 척하는 건지 정말 모르는 건지 답이 없었다. 이후에 알게 된 것이지만 정말 둔한 사람이었다.

당시 그녀는 남자에 대한 관심이 전혀 없었다. 내가 무드가 있는 스타일의 사람은 아니지만 그렇다고 나쁜 사람도 아니었으니 주변의 스태프들이 물심양면으로 내가 그녀에게 다가갈 수 있도록 분위기를 조성하는 데 많은 도움을 주었다. 그러다 어느 순간 그녀가 조금 마음의 문을 열었다. 나는 구구절절 메일을 써서 보냈다. 당신을 정말 사랑하고 결혼하고 싶다는.

그때 돌아온 답은 이것이었다.

"그렇다면 우리가 서로에 대해 알아봅시다."

이후 우리는 연애를 시작하게 되었다.

국제적인 활동을 하는 가수인 나윤선과의 연애는 쉽지 않았다. 국제전화도 엄청나게 많이 했고, 프랑스로 찾아가기도 했다. 그리고 좀 더 함께 있을 시간을 만들기 위해서 더 많은 공연을 만들기도 했다. 그런 기회를 만들 수 있는 능력이 내게 있었던 것이 다행이었다.

남녀관계는 눈앞에서 멀어지면 마음에서도 멀어지기 쉬운 법이니 역시 가깝게 보고 부딪히는 기회를 의도적으로라도 만드는 것이 중요했다. 그러다가 결정적인 한순간이 찾아왔다. 나는 그때 뜨뜻미지근하게 말하면 안 될 것 같아서 미리 동영상까지 준비해 명확하고 강력하게 나의 뜻을 전달했다. 그것은 공연을 하기 위해 미국으로 날아가는 비행기 안에서였다. 그리고 3년 연애를 끝으로 우리는 결혼했다.

연애할 때도 그녀는 해외 공연이 많았다. 프랑스에서는 이름을 얻어 가기 시작하는 상황이었지만, 국내에서는 모르는 사람이 훨씬 많았다. 사람들은 그녀에게 인재진 감독과 결혼하고 같이 일하기 시작하면서 더 많은 명성과 인기를 얻은 것 같다는 말을 건네기도 했다. 시기적으로 보면 실제로 그렇게 좋은 일들이 결혼 후에 많이 생겼던 것도 사실이다.

그러나 나는 예전부터 그녀를 보면서 능력과 재주가 뛰어난 사람은 스스로 두각을 나타낸다는 뜻의 낭중지추囊中之錐라는 한자성어를 떠올렸다. 주머니 안의 송곳 같은 것인데, 그녀는 재즈 아티스트로서 굉장히 뛰어난 재능과 성실함을 겸비하고 있었기에 성공한 것이라고 생각했다. 다만 내게 약간의 지원을 할 수 있는 기회가 있었을 뿐이라고. 물론 결혼을 하면서 심적인 안정감을 갖게 된 것도 무시할 수는 없을 것이다. 이러한 것들이 사람과 사람 사이에서 화학반응을 일으켜 조금 더 좋은 결과를 냈다고 생각한다.

나윤선은 2008년 독일 레이블과 음반 계약을 하면서 본격적으로 활동의 폭을 넓히게 되었다. 프랑스에서도 어렵지 않게 음반을 낼 수 있었지만 나는 좀 더 강력한 레이블을 찾고 싶었다. 그래서 유럽 재즈를 대표하는 독일의 유명 재즈 레이블인 '액트ACT'를 컨택해 메일로 약속만 잡은 뒤 베를린에 있는 레이블 사장의 집으로 무작정 찾아가 나윤선이라는 재즈 아티스트에 대한 이야기를 건넸다. 나는 한국에서 재즈 페스티벌을 하고 있는 사람이라고 설명하며 나윤선이라는 아티스트를 적극적으로 소개했다.

그런데 듣도 보도 못한 사람이 어느 날 찾아와 자기가 잘 알지도 못하는 아티스트를 너무나도 열심히 소개한다는 것이 무척 흥미로웠던지 레이블 사장은 굉장히 신기하게 날 바라봤다. 하지만 내 이야기를 정말 재미있게 들어 주었고, 그녀의 음반도 한번 내 보겠다는 약속을 했다.

본격적인 계약을 하고 음반을 내면서 나윤선은 유럽 시장에서 큰 반응을 얻기 시작했다. 그리고 전 유럽을 대상으로 활동할 수 있는 아티스트가 되었다.

　결혼 전과 후의 나의 인생은 완전히 변했다. 결혼 전 25년을 혼자 살았는데, 그때만 해도 나는 다른 사람을 배려하는 마음이 부족한 사람이었다. 맛있는 게 있으면 나 먼저 먹는 스타일이었다. 하지만 지금은 아내를 통해 다른 사람을 조금 더 생각할 수 있는 마음을 배우게 되었다.

　극적으로 내가 변하게 된 것은 삶에 대한 생각이다. 나를 낳아주신 부모님께는 정말 죄송스러운 일이지만 가끔 나는 이런 생각을 했다.

　"오늘 죽어도 괜찮아. 이 정도 살았으면 찐하게 살았지. 지금 죽어도 크게 후회는 없네. 일도 나름 열심히 했고, 나쁘지 않아."

　그런데 결혼을 하고 나니 내가 지금 죽으면 안 되겠다는 생각이 들었다. 아마도 가정이 생겨서 그런 것 같다. 남자는 장가를 가야 철이 든다는 말이 그래서 생긴 건가.

　가정이 생겼다고 해 봐야 나와 아내뿐인지라 우리는 늘 친구처럼 지내고 있다. 아내는 여전히 해외 공연이 많아 1년에 7개월은 떨어져 지내지만 그래서 더욱 애틋한 감정도 생기는 것 같다. 결혼 생활을 오래한 친구들은 나와는 다른 이유(?)로 내 삶을 부러워하기도 한다.

우리가 떨어져 있는 시간이 많아 생긴 에피소드도 있다. 아내가 해외에 있을 때 거의 매일 화상통화를 하다 보니 집에 돌아와도 여전히 통화를 하고 있는 것 같은 착각이 드는 때가 왕왕 있다.

어느 날 거실에서 나는 TV를 보고 있었다. 아내가 설거지를 하다가 나에게 말을 걸었던 모양이다. TV에 열중한 나머지 나는 대답을 안 하고 있었는데, 순간 아내가 마치 전화가 끊겼는지 확인하듯 "여보세요, 여보세요."라며 나를 부르고 있는 게 아닌가. 한참을 웃었다.

아내와 함께 많은 곳을 다니며 살았으면 좋겠다는 생각을 늘 하고 있다. 많은 나라와 도시, 그리고 다양한 사람들과 어울려 살고 싶다. 그것이 우리 부부의 미래다. 멋진 집을 지어 좋은 사람들을 초대하고 즐거운 시간을 맞는. 그러기 위해서는 요리도 열심히 배워야 할 것 같다.

사실 나는 요리에 아주 관심이 많다. 공연 기획 이외에 아내가 인정하는 나의 유일한 재능이 요리라는 것을 알고부터 더욱 관심이 많아졌다. 만약 내가 새로운 직업을 갖게 된다면 요리사가 되고 싶다고 말할 정도다. 요리사라는 직업이 예술과 비즈니스의 경계 그 어디쯤에 존재할 것 같다는 생각이 들면서 더욱 매력을 느껴 조리사 자격증을 따기 위해 학원까지 등록했다.

그런데 아직 자격증은 취득하지 못하고 있다. 물론 자격증이 없어도 맛있는 음식을 만들어 먹는 데는 아무런 문제가 없다. 하지

가끔 다른 일을 하고 있는

내 모습을 상상한다.

만 한때 오토바이를 너무 좋아해서 2종 소형 오토바이 면허를 7번 떨어진 끝에 결국 따고 만 성공의 기쁨을 기억하면 언젠가 꼭 조리사 자격증을 딸 계획이다.

아내와 내가 살 집을 짓고 싶다. 집의 주제는 '자연이 있는 아티스트의 집'이다. 그 집 안에 '자연이 있는 부엌'을 만들고, 자격증을 갖춘 요리사가 음식을 준비해 좋은 사람들을 초대하는 것이다. 그리고 밤새 즐거운 시간을 갖는 그림을 그려 본다.

내가 아내에게 정말 고맙게 생각하는 것이 있다. 결혼을 하려고 할 때만 해도 정말 빚이 많아 경제적으로 무척 어려울 때였다. 나는 늘 농담으로 "그 빚 다 갚으면 결혼한다."라고 말했는데 실제로 미래가 너무 불투명할 때였다. 그런데 아내는 선뜻 나와 결혼해 주었고, 내가 앞으로 더 많은 일을 해낼 것이라는 믿음을 주었다. 그리고 끊임없이 칭찬해 주며 나의 자존감을 북돋워주었다.

"당신은 특별한 사람이에요."

도시를 떠나서는 한 번도 살아 본 적이 없던 아내는 나를 쫓아 가평으로 이사를 와 주었다. 시골에 산다는 것에 막연한 공포심이 있었을 것도 같은데, 정말 과감히 아는 이 없는 곳에 나를 믿고 와 준 것이다. 대단히 용기 있는 사람이라는 생각이 들었다.

결혼 이후에 우리는 모든 것이 좋아졌다. 〈자라섬국제재즈페스티벌〉은 물론이고, 그 외 많은 것들이 매우 좋은 방향으로 나아갔다. 나에게도, 아내에게도 엄청난 시너지가 있었던 것 같다. 그리고 무엇보다 우리는 서로가 무슨 일을 하고 있는지 가장 정확하게 알고 있는 사람이기 때문에 이해의 폭이 넓었다.

예를 들면 이런 것이다.

"나윤선이 유럽에서 굉장히 유명하다며?"

정작 국내 사람들은 아내가 유럽에서 얼마나 유명한지, 어떤 활동을 어떻게 하고 있는지, 그리고 그 과정은 얼마나 힘든 시간들인지 잘 모른다. 실제 그건 개인의 활동 사항이니 사람들이 꼭 알아야 할 이유도 없다. 하지만 나는 남편으로서 나윤선이라는 아티스트가 어떤 일을 하고, 1년 중 220여 일을 공연 투어 때문에 길 위에서 지내는 것이 얼마나 힘든 일인지, 그리고 그 성과가 무엇인지, 또 앞으로 갈 길은 무엇인지, 정말 너무나도 잘 알고 있다.

한편 〈자라섬국제재즈페스티벌〉은 어떤 가치가 있고, 대한민국의 문화에 어떤 영향을 끼치는 일인지, 어떻게 발전해 가야 하는지 등등을 가장 잘 알고 있는 사람이 나의 아내다. 그런 면에서 나는 대한민국에서 나윤선이라는 아티스트와 결혼해서 살 수 있는 가장 적임자라고 생각한다. 물론 아내도 나와 결혼한 일이 제일 잘한 일이라고 말해 준다. 서로를 이해하는 범위의 문제인 것 같다.

아내는 지금도 해외 공연 중이다. 그리고 자신의 잦은 해외 공연을 굉장히 미안해한다. 아내로서 남편에게 당연히 해 줘야 하는

우리는 서로에게

가장 든든한 친구가 되었다.

많은 부분을 자신의 부재로 인해 잘 못해 준다고 생각하는 것 같다. 아마도 한국 사회의 고정관념일 것이다.

특히 장모님께서 매우 미안해하시는데 나는 그 부분에 대해 서운하다는 생각이 눈곱만큼도 없다. 다만 아내가 공연을 하러 다니며 힘든 시간을 보내는데 내가 같이 다녀 주지 못하는 것이 미안할 뿐이다.

주변에서 나를 잘 모르는 사람들은 내 인생이 'before 자라섬'과 'after 자라섬'으로 나뉜다고 말하지만, 나를 잘 알고 있는 사람들은 모두 'before 나윤선'에서 'after 나윤선'으로 바뀌었다고 한다.

어쨌든 내가 태어나서 가장 잘한 일은 재즈 아티스트 나윤선과 결혼한 일이다.

나를 변화시키는 것들

고등학교 때 영어 실력으로 대학에 들어갔고 또 졸업했다. 곧잘 했다. 그런데 중학교 때만 해도 영어는 원수였다. 나의 절친한 친구이자 지금은 대기업 상무로 재직 중인 중학교 동창이 있다. 그 친구는 중학교 2학년 때 우리 반 부반장이었고, 나는 학급문고 관리자였다. 말 그대로 몇 권 안 되는 학급의 책을 관리하는 일을 맡아 했다.

지금도 기억하고 있는데 당시 〈김찬삼의 세계여행〉이라는 책을 빌려 간 그 친구가 책을 반납하지 않았다. 나는 학급문고 관리자로서 친구에게 여러 차례 책 반납을 독촉했다. 그런데 며칠 뒤 돌아온 책은 걸레가 되어 있었다. 친구는 여동생이 낙서를 하고 찢어 놓았다고 변명했다. 그 순간 나는 학급문고 관리자로서 열이 받아서 친구를 때리고 말았다. 영어 과목을 담당했던 담임선생님은 친구를 총애하고 있었는데, 그 사건으로 인해 나는 완전히 찍히고 말았다. 선생님이 싫어지면 과목도 싫어지지 않던가. 나는 포기하다시피 영어 공부를 하지 않았다.

다시 영어 공부를 하게 된 건 공부를 잘하던 형의 영향이 컸다. 중학교 3학년 연합고사를 마치고 빈둥대다가 우연히 대학입학 본고사를 준비하던 형의 영어책을 보게 되었는데 조금 충격을 받았다. 너무 어려운 책처럼 보였고, 나도 고등학교에 입학하면 그 책으로 공부해야 한다는 생각이 들어 내심 걱정이 되었다. 그래서 '영어 공부 한번 열심히 해 봐야 되겠다'는 결심을 한 뒤 실천하게 된 것이다. 지금은 의지가 그렇게 굳은 편은 아니지만 그때는 그랬다.

대부분의 사람들이 그렇듯이 나 역시 단시간에 무언가를 하는 것보다 길게 꾸준히 무언가를 하는 것을 더 힘들어 한다. 진짜 너무 빤한 이야기겠지만 자신과의 약속을 지키는 일은 너무나도 힘든 일이 아닌가. 뭐든 꾸준히만 하면 성공하는데도 말이다.

태어나서 가장 꾸준히 한 일은 10년간 〈자라섬국제재즈페스티벌〉을 올린 것이다. 처음이었다. 진짜 꾸준하게만 하면 뭐든 되는 것 같다.

고등학교에 입학하기까지 하루에 14시간씩 영어공부만 하기 시작했다. 독서실에서 집으로 밥 먹으러 가는 시간도 아까워 손에서 단어장을 놓지 않았다. 안현필 선생이 쓴 아주 오래된 영어 학습서인 〈영어실력기초〉라는 책을 하루에 14시간씩 두 달간 20번 강독했다. 그 책은 나름대로 독특한 공부법을 설명하고 있었는데, 나는 무조건 시키는 대로 했다.

그렇게 지내던 겨울방학이 끝나고, 고등학교에 입학해 첫 영어 시험을 봤다. 1등을 한 것이다. 정말 깜짝 놀랐다. 결국 벼락치기에 능했다는 말인가…. 그 뒤로 내게 영어는 더 이상 공포의 대상이 아니었다.

중고등학교 시절은 굉장히 평범한 삶을 살았던 것 같다. 다만 마초적인 성향이 강한 정의감에 불타는 학생이었다. 어쩌면 만화책에서 흔히 볼 수 있는 남자들의 정의로움이었는지도 모른다.

이러한 나의 성격은 아마도 어릴 때 시골에서 서울로 전학을 오면서부터 생긴 것인지도 모른다.

초등학교 5학년 2학기 때 서울로 전학을 왔다. 그전에는 충남 당진에서 살았는데, 집안 형편이 그리 나쁘지 않아 형과 나, 그리고 여동생은 각자 5학년 2학기가 되던 해에 서울로 올라와 외갓집에서 지냈다.

지금은 해외로 조기 유학을 보내지만, 그때는 시골에 있는 아이들이 공부를 잘하고, 경제적으로 좀 넉넉하면 서울로 유학을 보냈는데, 그러한 조기 유학이 성공하는 경우는 그때나 지금이나 그리 많지 않다.

서울로 전학 올 당시 어머니가 외갓집에 데려다 주시며 돌아서던 모습이 지금도 기억에 생생하다. 대문까지 인사하러 나갔는데, 어머니가 뒤돌아보시며 하신 말씀이 있다.

"이제 여기서 할머니 말씀 잘 듣고, 공부 잘하고 있어."

대문간에 서서 어머니가 가시는 걸 보는데 눈물이 막 났다. 어렸지만 남자였던 나는 눈물을 보이고 싶지 않아 집 안으로 뛰어 들어가 수돗물을 틀어 놓고 세수를 했다. 그때가 열두 살이었다.

나를 외갓집에 맡기고 돌아서던 어머니의 뒷모습은 중고등학교 시절 마음을 다잡는 계기가 되었다. 부모님의 기대에 부흥할 수 있는 아주 특별한 아들이 되어야 한다는, 정말 잘해야 한다는 생각이 어린 마음을 흔들었던 것 같다.

영어 공부를 열심히 해 두어서인지 그로 인해 득이 되는 날이 많았다. 내가 강의를 잘한다는 사실을 알게 된 것도, 강의를 통해 사람들과 소통하는 것을 굉장히 좋아한다는 것도 모두 영어 덕분에 알게 된 사실이다.

강의하는 것을 좋아하지만 대학 시절 과외 아르바이트를 한 적은 단 한 번도 없다. 80년대 중반에는 대학생 과외가 금지되어 있었는데, 일명 '몰래바이트'로 불리며 많은 친구들이 과외를 하러 다녔다. '몰래'라는 말의 의미처럼 약간의 위험수당이 더해져 학생으로서는 꽤 많은 수익을 올릴 수 있었기 때문이다. 하지만 나는 별로 관심이 없었다. 너무 쉽게 돈을 버는 것 같기도 했고, 없으면 없는 대로 살자는 생각이 강했기 때문이다. 내키지 않는 일을 하면서 돈을 벌고 싶은 마음은 그때나 지금이나 없다. 나는 재미있는 일만 하면서 살고 싶었다.

그런데 대학을 졸업할 무렵, 군 입대를 멀찍이 앞두고 시간적 여유가 생겼다. 그때 우연히 신문 한구석에서 영어 강사를 모집한다는 구인 광고를 보게 되었다. 나는 곧장 사당동의 작은 보습학원으로 찾아갔고, 어렵지 않게 강사 일을 시작하게 되었다. 그리고 얼마 지나지 않아 지방의 큰 신생 학원으로부터 스카우트되었다. 학원 강사 일은 꽤 재미있었다. 당시 '부흥강사'가 내 별명이었다.

"인! 인상적인 강의, 재! 재미있는 강의, 진! 진실한 강의"라는 슬로건을 내걸고 신나게 강의했다.

지금은 대학 교수가 되어서 강의를 하고 있다. 물론 옛날처럼 영어를 가르치는 것은 아니다. 공연 기획, 축제 제작 등과 관련된 강의를 하고 있다. 그런데 가끔 학생들에게 영어 공부의 중요성을 강조하기도 한다. 그럴 때마다 내가 하는 말이 있다.

"전 세계를 무대로
멋진 일을 할 수 있는 가능성이 있는데,
그깟 영어를 못해서 자신의 능력을
10분의 1도 발휘하지 못한다면
얼마나 억울합니까.

80세까지 일해야 하는
여러분 세대를 생각하면
앞으로 60년의 시간이 있고,
오늘 알파벳 A, B, C, D부터
시작해도 충분합니다.
60년 중에 그 시간도 못 냅니까?"

강의를 하러 다닐 때 종종 사람들의 각기 다른 모습을 발견하게 된다. 내가 정기적으로 특강을 나가는 곳 중에 광역자치단체의 인재개발원, 그러니까 공무원 연수원이 몇 곳 있다. 강원도, 경기도, 그리고 서울시 인재개발원이 그곳이다. 작년에는 강원도 인재개발원에서 '최우수 강사'로 선정되어 감사패를 받기도 했으니 내 자신이 강의를 많이 즐기며 했던 것 같다.

보통 강사들이 가장 어려운 강의 대상으로 꼽는 사람들이 공무원들이다. 그런데 가평군 공무원들과 〈자라섬국제재즈페스티벌〉을 10년간 개최하며 잘 지내다 보니 내게 공무원은 크게 어려운 강의 대상이 아니었다.

그런데 세 지역의 인재개발원에서 강의를 하면서 아주 재미있는 점을 발견했다. 세 곳의 강의 분위기가 매우 다르다는 것이다. 강원도에 가서 강의하는 것은 일단 굉장히 즐겁다. 교육생들이 강원도 특유의 억양인 "도레미파솔라시도래요?" 어법으로 질문도 많이 하고, 쉬는 시간에는 먼저 다가와서 커피를 권하며 말을 걸기도 한다.

서울에서 강의를 할 때는 상황이 완전히 다르다. 강단에 서서 교육생들을 보면 대부분의 사람들이 화가 난 얼굴로 앉아 있다. 건드리면 금방이라도 터져 버릴 듯 풍선처럼 부은 얼굴로 앉아 질문도 좀처럼 하지 않고 쉬는 시간에도 말을 걸어오는 이들이 거의 없다. 심지어는 교육생들 사이에서도 별 대화가 없다. 그리고 경기도에서 하는 강의는 강원도와 서울의 중간쯤 되는 분위기가 연출된다.

왜 이런 차이가 생기는 걸까, 곰곰이 생각해 봤다. 대체로 공무원들은 표준화되어 있다. 지역은 달라도 하는 업무나 급여는 크게 차이가 나지 않는 것으로 알고 있는데, 이렇게 분위기가 다른 이유는 환경적 요인으로밖에는 설명할 수 없을 것 같다. 주거 환경 말이다. 내가 가평으로 이사한 뒤 일어난 변화를 보더라도 일견 타당성이 있는 결론이라는 생각이 든다. 상투적인 이야기지만 자연은 사람을 시나브로 변하게 하는 것 같다.

얼마 전, 나는 대학에서 강의를 하며 학생들에게 숙제를 한 가지 냈다. 집에서 자신이 기르는 식물 사진을 하나씩 찍어 오라는 것이었다. 부모님이 키우는 것 말고 자신이 키우는 식물을 찍어 오라고 했는데, 그 이유는 자연이 사람의 정서를 변화시킨다는 나의 생각에서였다.

그것은 내가 추구하는 공연의 기능과도 일맥상통하는 부분이 있

—

삶은 자연 속으로

조금씩 걸어 들어가는 것이다.

다. 사람, 자연, 그리고 휴식. 여유로운 삶을 갖는다는 것은 밖으로 나가 자연을 둘러보고 그곳에서 쉼을 찾는 것이 아닐까.

Peter, Paul and JJ

폴 어거스틴Paul Augustin은 말레이시아의 〈페낭 아일랜드 재즈 페스티벌Penang Island Jazz Festival〉 디렉터다. 자라섬 페스티벌을 시작하기 전이었던 2000년, 나는 우리나라 재즈 밴드를 해외에 소개하고 싶어 해외에서 재즈 관련 일을 하는 사람들에게 무작위로 메일을 보냈다. 정말 미친 척 인터넷에서 메일을 수집해 수백 통의 메일을 보냈던 것 같다.

"저는 한국의 JJ라고 하는데요, 재즈 관련된 일을 하는 사람입니다. 혹시 한국의 재즈 아티스트들이 필요하면 저에게 연락 주세요."

1년 정도 후, 폴이 나에게 답장을 했다. 무려 1년 만에. 당시 폴은 〈페낭 아일랜드 재즈 페스티벌〉을 열기 전이었고, 여러 가지

작은 음악 관련 행사에 디렉터로 일하고 있었다.

"이번에 말레이시아에서 작은 행사를 하는데 한국의 밴드를 불러보고 싶어."

나는 그때 같이 음반 작업을 하던 퓨전 재즈 밴드를 데리고 말레이시아로 갔다. 그곳에서 폴과 나는 처음 만났고, 친구가 되었다. 이후 말레이시아도 자주 가게 되었다.

그러던 중 내가 〈자라섬국제재즈페스티벌〉을 시작하던 2004년, 폴도 나와 똑같이 〈페낭 아일랜드 재즈 페스티벌〉을 시작하게 되었다. 우리는 서로를 자신의 페스티벌에 초청하며, 조금 더 친한 관계로 발전했다.

점차 〈자라섬국제재즈페스티벌〉이 해외에도 알려지면서 나는 각종 음악 관련 행사에 초청받는 빈도가 높아졌다. 자국의 아티스트를 홍보하기 위해 다른 나라의 페스티벌 디렉터들을 많이 초청했기 때문이다. 그때마다 나는 폴을 소개했다.

"말레이시아에도 괜찮은 페스티벌 디렉터가 있는데 함께 초청하는 게 어떻겠습니까?"

정말 단순한 이유인데, 혼자 가려니 심심해서였다. 물론 폴이 정말 좋은 친구인 이유도 있었다.

그때만 해도 해외 행사에 참석해 보면 내가 유일한 아시아 사람이었다. 단순히 여행을 가서도 한국 사람을 만나면 특별히 반가운 생각이 들지만, 어떤 경우는 아시아 사람만 만나도 좋을 때가 있다. 그래서 늘 함께 아시아에도 재즈 페스티벌이 있고, 그 성장 가능성이 충분하다는 것을 알리고 다녔다. 그렇게 우리는 나란히 국제 무대에 데뷔하게 되었다.

〈홍콩 국제 재즈 페스티벌Hong Kong International Jazz Festival〉을 통해 피터 리Peter Lee를 만나게 되었다. 피터는 홍콩재즈협회 회장을 역임했고, 재즈 평론가이기도 하며, 문화 평론가이기도 할 만큼 박학다식한 사람이다.

특히 유기농 먹거리를 이용한 건강관리에 관심이 많아 나를 만날 때면 항상 처음 들어보는 먹거리를 주면서 그것이 어디에 좋고 어디에 유익한지를 이야기해 준다. 정말 다양한 것들에 호기심이 많은 사람인데, 문제는 가끔 그가 하는 영어를 사람들이 알아듣지 못할 때가 있다는 것이다. 중국인 특유의 영어 발음 때문이다. 그럴 때면 폴이 통역해 준다.

폴은 나보다 일곱 살이 많고, 피터는 열한 살이 많지만 우리는 친구가 되었다. 우리는 'Peter, Paul and Mary'라는 미국 컨트리 뮤직 그룹의 이름을 살짝 바꿔 'Peter, Paul and JJ'라고 소개하며 국제적인 활동을 왕성하게 했다. 사람들은 재즈가 크게 활성화되지 않은 아시아에서 페스티벌 디렉터인 세 사람이 뭉쳐 다니는 것을 보고 '아시아에서 온 용감한 삼총사Fearless Trio from Asia'라고 부르기도 했다.

어쩌다 내가 다른 일정으로 해외 행사에 참석하지 못해 두 사람만 눈에 띄는 날이면 사람들은 모두 폴과 피터에게 나의 안부를 묻는다고 한다. 우리는 각자 비행기로 약 4시간과 6시간씩 떨어져 있는 나라에 살고 있는데도, 사람들은 우리 세 사람이 한 동네에 살고 있다고 여기는 듯하다.

처음 해외 축제를 견학하러 다닐 때만 해도 각자가 올리는 페스티벌 초기 때라 폴도 피터도 나도 굉장히 어렵게 지냈다. 하지만 초청을 받은 덕분에 이곳저곳 참 많이 다녔는데, 심지어는 돈 한 푼 없이 초청에 응해 그 나라로 날아갔던 적도 있다.

노르웨이로부터 초청을 받았을 때였는데 거짓말 하나 안 보태고 1달러도 없는 상태로 갔다. 그때 난 카드도 없었다. 비행기 표는 보내 주니까, 그 비행기 표를 받아서 공항에서 비행기에 올랐다. 그리고 노르웨이 공항에서는 나를 데리러 온 차를 타고 공연장으로 갔다. 그런데 진짜 현지에서 쓸 수 있는 돈이 10원도 없었다. 무전여행이었다. 그땐 진짜 돈이 없었다.

그런데 내가 한 푼도 안 들고 갈 수 있었던 가장 큰 이유는 폴과 피터가 그곳에 올 거라는 걸 알고 있었기 때문이다. 그때 폴이 나한테 밥과 음료수를 사 주면서 한 말이 있다.

"JJ, 너 진짜 용감하다. 어떻게 외국에 오는데 1달러도 안 들고 올 수가 있냐. 정말 대단하다."

당시 폴은 내게 대단하다고 말했지만 지금 생각하면 나는 폴이 더 대단한 것 같다. 세계에서 가장 물가가 비싼 나라인 노르웨이에서, 찌글찌글하기는 자기도 마찬가지인 말레이시아 기획자가 신용불량자 친구인 나에게 밥이며 음료수며 이것저것 다

사서 기쁜 마음으로 챙겨 준다는 것이 말이다. 나는 지금도 그때를 기억하며 폴에게 도움이 될 수 있는 일이라면 무엇이든 발 벗고 나선다.

1년에 한두 번 만나지도 못하면서 가끔 전화만 하는 한국 친구들보다 오히려 폴을 만나는 횟수가 더 많다. 한국이나 말레이시아에서보다는 제3국에서 만나게 된다.

2013년에는 영국의 카디프Cardiff에서 월드뮤직 분야에서 가장 중요한 국제 마켓인 〈워멕스〉가 개최되었다. 그곳에 초대된 폴과 나는 패널리스트로서 아시아의 페스티벌에 대해 소개하고 발제했다.

해마다 말레이시아의 아티스트를 초청해 한국에서 공연을 하기도 하고, 한국 아티스트가 말레이시아에서 공연을 하기도 한다. 항상 두 페스티벌 간의 교류 프로그램을 만드는 일에 주력하고 있다.

내가 나이 들어 얻게 된 최고의 선물은 바로 이런 친구들이다. 그러고 보면 친구가 되는 데 국적은 큰 문제가 되지 않는 것 같다. 아마 우리가 같은 일을 하면서 어려운 시기를 헤쳐 나왔다는 동질감도 친구가 되는데 크게 작용했을 것이다. 이런 감정은 한국인이나 외국인이나 모두 느끼는 것 같다.

우리는 외국인을 처음 만나면 거의 이런 대화를 한다.
"How are you?"
"Fine, thank you, and you?"
그리고는 "Good bye!"가 되어 버린다. 하지만 서로 같은 일을 하거나 공통된 관심사가 있어 다시 한 번 상대방을 볼 기회가 생긴다면 상황은 달라진다. 스스로 크게 게으르지만 않다면 두 번 본 사람과는 평생을 함께할 수 있는 친구가 될 수 있다는 말이다.

세계 각국의 많은 사람이 모이는 공식적인 행사에 참여하다 보니 피터와 폴, 그리고 나는 자신을 소개할 재미있는 방법을 생각했다. 거기서 'Peter, Paul and JJ'가 빛을 발한다. 이름 순서대로 피터가 폴을 소개하면, 폴이 나를 소개하고, 마지막으로 내가 피터를 소개했다. 이건 내 아이디어였는데 참석한 사람들에게 강력한 인상을 남겼고, 소개가 끝나고 나면 모두들 우리에게 다가와서 웃으면서 말을 건넸다.

우리는 해외에서 만나면 각자의 역할이 명확하게 정해져 있는데 폴과 나는 특히 그렇다. 폴은 영어를 네이티브처럼 잘하고 친화력이 뛰어나 나를 대신해 설명을 많이 하는 편이다. 의외로 말수가 적은 나는 폴이 바통을 넘길 때를 기다린다. 긴 설명 뒤 폴은 이렇게 말을 끝낸다.

"아시아에서 이 모든 열쇠는 JJ가 쥐고 있다."
JJ is a key driver in Asia.

그러면 나는 짠~ 하고 등장해 그냥 간단한 이야기로 정리한다. 이렇게 폴은 늘 상대를 배려해 주는 친구다.

〈페낭 아일랜드 재즈 페스티벌〉도 10회가 지나며 동남아시아에서는 굉장히 중요한 페스티벌이 되었다. 이제 우리에게는 또 다른 공통점이 생겼다. 바로 '살아남았다는 것'이다.

얼마 전, 강남의 한 카페에 앉아 주위 사람들의 이야기를 가만히 듣고 있던 적이 있다. 그때 나와는 무관한 사람들의 이야기를 들으며 놀라운 사실을 발견했다. 젊은 사람들이나 나이 든 사람들이나 모두 돈 얘기를 한다는 것이다.

"너 이번에 파마한 거 10만 원밖에 안 들었다고?"

"걔네 신혼집 사는 데 돈이 얼마나 들었나? 차도 외제차로 뽑았던데, 대출받은 거 아니야?"

카페에서 30분 동안 내 주변에 앉은 사람들의 대화에서 오고 간 돈의 금액을 모두 합산해 보았더니 몇 억 원이 훌쩍 넘었다. 물론 돈이 중요한 문제이기는 하지만, 이 많은 사람이 만나서 나눌 이야기 주제가 정말 돈밖에 없는 것인가, 라는 생각이 들었다. 돈을 벗어난 주제라고 해 봤자 골프, 술, 아이 교육 이야기를 빼면 거의 없었다. 무슨 비즈니스들을 그렇게들 심하게 하는지 정말 황당하게 수십 억, 수백 억이 오고 간다.

문화예술과 관련된 일을 하는 사람들은 상대적으로 돈 이야기를 덜 하는 것 같다. 투자 수익이나 환차익을 계산하는 사람을 본 적이 없다. 물론 해외 친구들이긴 하지만 공연을 하면서 알게 된 친구들을 만날 때면 일상적인 이야기를 한다. 여행은 어디 어디 가 봤는지, 음식은 어떤 것들을 주로 먹고, 무엇을 좋아하는지에 대한 이야기들이다. 아니면 영화나 음악, 그림 같은 문화예술과 관련된 이야기를 많이 한다.

그런데 이렇게 다양한 주제로 이야기를 하면서 드는 생각은 문화예술과 관련된 일을 하는 사람들은 점점 친구가 사라진다는 것이다. 친구가 사라진다는 말은 만나도 주를 이루는 이야기의 소재가 다르다 보니, 결국 같은 업종에서 일하는 사람들끼리 모이게된다는 말이기도 하다.

나이가 들수록 나와 완전히 다른 분야에서 종사하거나 같은 문화예술 분야라도 다른 가치관을 가진 사람들과는 이제 잘 친해지지 못하는 것 같다. 쭉 알고 지낸 사이가 아니라면 동창들도 자주만나지 않는 편이다. 기획자로서 너무 많은 사람을 만나게 되면서 그게 옳든 그르든 사람에 대한 어떤 유형이 머릿속에 새겨진 것같다. 그래서 너무 빨리 누군가에 대한 호기심이 사라지는 단점이있기도 하다.

그렇다고 내가 그들을 붙잡고 문화에 관한 소통을 하겠다고 부연 설명을 해 가며 공통된 주제를 찾아 나가는 것도 아니다. 그냥마음 한구석에서 대화를 거부하는 것 같다. 그러다 보니 당연히다음 만남도 기대되지 않고, 대화가 통했던 문화예술 쪽 친구를찾게 되는 것 같다.

아주 어릴 적 이야기나 개인적인 이야기를 나눌 친구가 없다는것이 가끔 슬프기는 하다. 하지만 공통된 관심사를 가지고 서로 꿈을 향한 가치관을 공유할 수 있는 사람들과의 교류가 나는 더 좋다.

얼마 전 소설가 김연수의 〈지지 않는다는 말〉이라는 책에서 본
글이 있다. 아주 마음에 들었다.

"모든 만남에는 즐거움이 있다.
만나서 즐겁지 않으면
최소한 헤어져서라도 즐거울 테니까!"

Paul Augustin | Penang Island Jazz Festival

폴 어거스틴

• 폴 어거스틴이 보낸 글

In my many years in the Music Industry, I have had the opportunity to meet and work with many people all over Asia but none have created as huge an impact in such a short period as Jae Jin In. He is undoubtedly, in my opinion, one of the biggest names and key drivers in the music industry in Asia, very well respected and highly regarded in the jazz and festival community all over the world and I am proud to call him – my friend!

음악 산업에서 오랫동안 종사하면서 아시아 전역의 많은 사람들과 만나고 같이 일할 기회가 있었다. 그러나 그 누구도 인재진만큼 짧은 기간 동안 큰 영향을 준 사람은 없었다. 생각하건데 인재진은 의심할 여지없이 아시아 음악 산업에서 가장 유명하고 핵심적인 사람들 중 하나일 것이다. 인재진은 전 세계 재즈와 페스티벌 커뮤니티에서 존경받고 높게 평가되고 있다. 인재진을 "내 친구"라고 부를 수 있어 나는 자랑스럽다.

Peter, Lee Kai Kwan | Hong Kong International Jazz Festival

피터 리

• 피터가 보낸 나의 한자 이름이 들어간 시

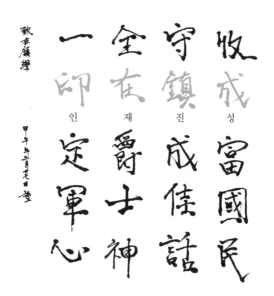

牧成 성
富國民
守鎮 진
成佳話
全在 재
爵士神
一卯 인
定軍心

많은 관객을 불러
멋진 연주를 들으며 즐길 수 있도록
자라섬 페스티벌에는 재즈신이 함께하고
아티스트의 마음도 하나로 모인다.

Is that called the Chicken ribs?

계륵이라고 하던가?

Lots of people think Jae Jin In is funny, I cannot disagree, but found he has his own sense of humor, maybe is from the Korean traditional style of strong expression, not necessary funny but absolutely humorous.

많은 사람들이 인재진이 웃기는 사람이라고 말한다. 나는 그 표현에 반대하는 것은 아니지만, 그보다는 그만의 유머감각이 있다고 생각한다. 아마도 강한 한국어 표현을 사용하는 데서 느껴지는 유머인 것 같다.

Quote 'I don't like music and I hate jazz.'

"나는 음악을 좋아하지 않고 재즈는 싫어한다."

This has been his official opening line for self-introduction at many international conferences and gathering, which were music orientated and jazz based mainly.

음악과 재즈가 주제인 여러 국제회의에서 인재진이 스스로를 소개할 때 했던 말이다. 그리고 이 말은 이미 인재진의 트레이드마크가 되었다.

Knowing JJ from the beginning of the millennium, saw him taking off as a venue owner, riding on jazz and achieved such a phenomenon in his own country, of course he could write a book. And am I not proud of being his friend, or maybe mentor in a way, showing him the pros and cons on the art of bargaining. Ha Ha

2000년대 초부터 인재진과 알고 지냈다. 그러면서 그가 공연장을 운영하며 재즈에 정착하고, 또 그의 나라에서 어떤 현상으로서 자리잡는 것을 지켜보았다. 이러한 인재진은 당연히 책을 낼 만한 사람이다. 나는 그에게 협상의 기술에서 장단점을 모두 보여줬던지라, 그의 친구이자 멘토라는 사실이 자랑스럽지는 않다. 하하.

JJ doesn't carry this chauvinistic impression that I think of Korean men, but his strong sense of Chinese culture has gained some respects from me.
Once we were both considering a well- known European artist, and comparing his popularity and required fee, JJ told me it was called the chicken ribs, which is a famous Chinese idiom, meaning too little meat to eat but is a waste to throw it away.

인재진은 한국 남자들 특유의 보수적인 표현은 잘 사용하지 않는다. 때때로 중국 문화를 잘 이해하는 그가 쓰는 표현들은 매우 인상적이다.
언젠가 인재진과 내가 어느 유명한 유럽 예술가를 초청할지 고민하고 있을 무렵이다. 그 예술가의 인기와 초청 비용을 저울질하고 있을 때, 인재진이 마치 계륵 같다고 말했다. 이는 중국의 유명한 표현이기도 한데, 먹기에는 고기가 너무 작고 버리기에는 아깝다는 뜻이다.

The successful story of Jarasum Jazz Festival is the story of JJ, and from this story I see what makes a country strong. I see the support from the authorities, that the audience are so open and embracing creativity through this art form and the country is benefited by this art event. I have definitely learnt something.

〈자라섬국제재즈페스티벌〉의 성공 스토리는 인재진의 이야기다. 그리고 나는 그의 이야기를 통해 무엇이 한 나라를 강하게 만드는지 보았다. 정부의 든든한 지원과 함께, 관객들은 열린 마음으로 새로운 문화를 받아들였으며, 페스티벌이 열리는 지역 또한 이익을 가져올 수 있었다. 일련의 과정들을 지켜보며 나는 분명 무언가를 배웠다.

'JJ doesn't speak much', and I do agree also but that was in the past. As coming with the successful mega event of the Jarasum Int. Jazz festival, and now, everybody are dying for his speeches.

"인재진은 말수가 적다."
이 말에 동의하긴 하지만 과거의 이야기에 더 가깝다. 지금은 모두 〈자라섬국제재즈페스티벌〉의 성공적 개최와 함께 인재진의 이야기를 간절히 듣고 싶어한다.

As the audience size of this festival reaches this figure, roughly one of out 10 citizens in Seoul has been there at least once. Not to mention the jazz festivals and educational programs that sprang out in the past decade, the

Korean Jazz Age, is that it?

페스티벌의 관객 수를 보자면, 이제 서울 인구의 10분의 1이 최소한 한 번은 〈자라섬
국제재즈페스티벌〉에 참여했다고 해도 과언이 아니다. 지난 10년 동안 존재했던 재즈
페스티벌과 교육 프로그램을 보아도, 한국 재즈의 역사에서 자라섬은 독보적이다.

Chicken ribs in the old days now have been transformed to a feast. As
quoting Joshua Redman once said, 'Is there a way to bring your audience
back to Hong Kong?'

과거의 계륵이 지금은 축제가 되었다. 조슈아 레드맨이 자라섬을 방문해서 무대 위에
서 남긴 말을 인용한다.
"여기 있는 관객들 전부 홍콩으로 옮길 수 있는 방법은 없나요?" (그의 다음 투어 일정
이 홍콩이었기 때문)

Yes, from this relationship which started on jazz , friendship that can last
a life time, JJ, a very good one.

가능하다. 재즈로부터 시작된 이 관계가 평생 이어질 우정이라면. 인재진과 함께라면.

인생이 내게   레몬을 줄 때

내게 인생은 정말 뜻대로 되지 않는 것이지만, 그렇다고 좌절할 이유도 전혀 없다는 것을 느끼게 해 준 사람이 있다. 바로 나에게는 하나밖에 없는 처남, 나승열 사진작가다.

음악을 하는 부모님 사이에서 태어나 예술적 감성이 풍부했던 나승열 작가는 어릴 때부터 미술을 공부했다. 그리고 미대 조소과에 진학했지만, 막상 전혀 다른 분야인 클래식 기타의 매력에 빠져 스페인으로 기타 유학을 떠났다.

7년간의 유학 생활 동안 그는 여행 가이드로 학비를 충당하며, 엄청난 연습량을 소화했다. 늦게 시작한 음악 공부였지만 나승열 작가는 특유의 성실함으로 열정적인 시간을 보냈으리라 짐작한다.

그러던 어느 날, 과도한 연습 탓이었는지 그의 손가락이 마비되는 일이 벌어졌다. 손가락의 섬세한 움직임이 중요한 기타 연주자에게는 치명적인 일이었다. 그의 노력과 열정, 꿈이 한순간에 사라져 버린 것이었다. 그러나 그는 자신의 꿈을 포기해야 하는 상황을 받아들였다. 엄청난 좌절과 절망이 찾아왔을 텐데도 말이다.

나승열 작가는 자신의 인생에 있어 또 다른 전환점을 맞았다. 우리나라에서 사진 스튜디오를 하던 한 선배를 우연히 스페인에서 여행 가이드를 하며 만나, 사진을 해 보라는 권유를 받은 것이다. 당시 사진에 대한 아무런 기초 지식도, 정보도 없던 그는 스페인 유학 생활을 접고 한국으로 돌아와 무작정 그 선배가 하는 스튜디오에서 사진을 배우기 시작했다. 그것이 8년 전의 일이다.

당시 30대 중반이었던 그에게 내가 했던 말이다.

"이제 배우기 시작해서 어떻게 먹고 살려고? 내가 보기에는 심히 걱정스럽다."

그러나 전설적인 재즈 피아니스트 허비 행콕Herbie Hancock이 말하지 않았던가. 인생은 우리의 한계를 찾아가는 과정이 아니라, 무한함을 찾아가는 과정이라고.

급작스럽게 배우게 된 사진이지만, 시간이 지날수록 자신과 정말 잘 맞는 직업이라고 느낀 나승열 작가는 확신을 가지고 일을 계속해 나갔다. 그리고 지금은 국내에서 몇 안 되는 공연 사진 전문 작가로 자리를 잡았다.

그는 지금 대한민국에서 재즈 공연 사진을 가장 많이 찍는 사진 작가로 활동하고 있으며, 사진 찍는 것을 무척이나 꺼려하는 누나재즈 아티스트 나윤선의 전속 사진사이기도 하다. 친동생이라는 편안함도 있겠지만, 나승열 작가의 '느낌이 있는 사진'을 누나가 매우 만족하기 때문이다.

일반적으로 아티스트들은 아무리 가족이라도 자기 취향이나 눈높이에 맞지 않으면 같이 작업하기를 꺼린다. 그런 의미에서 나승열 작가는 진정한 전문가로 인정받고 있다. 나는 그가 이렇게 빠른 시간 내에 꿈을 이뤄 가고 있다는 것이 굉장히 기특하다.

가끔 TV 여행 프로그램에 사진작가로 출연해 외국을 소개하기도 하는 나승열 작가는 대부분 스페인이나 남미와 같은 스페인어권 나라를 소개한다. 기타를 공부하기 위해 유학 시절 배운 스페인어는 전혀 다른 용도로 제구실을 하고 있는 것이다. 그는 첫 출연부터 꽤 프로페셔널한 진행을 보여 주었는데, 그 또한 유학 시절 현지에서 여행 가이드를 했던 것이 큰 도움이 되었던 것 같다.

정작 기타와는 무관한 활동을 하고 있는 그의 모습을 보면서 느낀 것이 있다.

"삶은 어떻게 흘러갈지 누구도 알 수 없다."

그의 사진을 볼 때도 드는 생각이다. 아이러니하게도 처음 미술을 전공한 것이 사진의 구도를 잡거나 색감을 표현하는 데 큰 도움이 되었고, 기타를 전공한 것은 음악 공연을 하는 사람들의 사진을 찍는 데 도움이 되었다는 사실이다.

결국 미술을 공부한 것도, 기타를 공부한 것도, 방황하던 시절 여행 가이드를 했던 것도 서로 시너지를 냈다. 그리고 마지막에는 그만의 색을 지닌 사진으로 발현되어 예술적 가치를 더해 가고 있는 것이다. 정말 예측할 수 없는 삶의 궤적이 펼쳐지고 있다.

서양 속담에 이런 말이 있다.

> "운명이 너에게 레몬을 주거든,
> 그것을 레모네이드로 만들어라."

끊임없이 무엇인가를 갈구하고, 좌절하지 않을 때 성과를 낼 수 있는 것이다. 나승열 작가는 자신의 삶을 있는 그대로 받아들이지 않고, 계속해서 가치 있는 방향으로 이끌었다. 많은 길을 돌아 지금은 자신의 천직을 찾은 나승열 작가에게 나는 인생의 또 다른 면을 본다.

왼쪽. 존 스코필드John Scofield
위. 캔디 덜퍼Candy Dulfer
아래. 래리 코리엘Larry Coryell

왼쪽, 에릭 트루파즈Erik Truffaz(트럼펫)
오른쪽, 닐스 란드그렌Nils Landgren(트롬본)

SCENE 2
찌글찌글

부적응자였다

형극의 길로 접어들다

주먹구구도 시스템이다

조금만 기다려 주세요

7년간 신용불량자로 살았다

격세지감

안 하고 못 하고 산다

불분명한 커뮤니케이션

JARASUM
JAZZCENTER
STAFF

66

한울타리 안에서 사는 가족처럼 인재진 대표님은 우리에게 아버지 같은 존재
다. 사람들은 가끔 대표님이 엉뚱하다고 말하지만, 우리는 대표님이 생각하
시는 것에 모두 동의하고, 같은 입장에서 응원한다.

99

부적응자였다

대학 시절은 평범한 것을 넘어 아웃사이더였다. 전반적으로 나는 학교생활에 '무관심'으로 일관했다. 학교에 들어가자마자 내가 전공을 잘못 선택했다는 후회를 느꼈기 때문이다. 조금 더 정확히 말하자면 고려대에 가고 싶지 않았다. 지금의 내 모습을 보면 전혀 어울리지 않는 의외의 생각이지만, 그 당시 나는 경찰대에 들어가고 싶었다. 청소년기에 나는 제복에 큰 매력을 느꼈다. 막연한 정의감에 불타서 공익적인 직업을 선망했던 것 같다.

그런데 나의 바람은 내 의지와는 무관하게 최종 합격통지서를 받지 못함으로써 무너지고 말았다. 어쨌든 대학은 가야 하니까, 일반적인 대학 진학 방법인 '성적에 맞춰 합격할 수 있는 대학에 간다'는 생각에 원서를 냈다. 지금 생각해 보면 정말 말도 안 되는 일인 거다. 그러다 보니 학과도 정말 즉흥적으로 정했다.

경찰대를 가기 위해 재수를 할 때 영문과를 다니는 친구가 있었다. 친구는 시험 기간이라면서 공부는 안 하고 영문 소설책만 읽었다. 그 모습을 보며 나는 '우와, 이거 거저먹기네!'라는 단순한 생각에 영문과를 지원하게 된 것이다.

학교도 마찬가지였다. 연세대 영문과에 원서를 내러 가던 날이 있었는데, 막상 버스에서 내려 신촌로터리에서 연세대까지 걸어가는 길이 너무 싫었다. 이상하게 마음이 영 편하지 않았다. 그래서 연세대 정문까지 가기도 전에 발길을 돌려 고려대로 향했다. 그런데 고려대 앞에 딱 내렸는데 마음이 너무 푸근했다. 그렇게 내가 갈 학교가 정해졌다.

대학에 입학한 후, 심한 방황이 시작되었다. 학교에 다니기가 너무 싫어 입학식에도 참석하지 않았다. 가고 싶었던 대학을 못 갔다는 이유도 있지만, 이미 재수 생활 동안 어느 정도 성인으로서의 삶을 누려 봤던 터라 학교생활들이 다 시시하게 느껴졌다.

당구도 이미 섭렵해서 내가 학교에서 당구를 제일 잘 쳤다. 많은 시간을 당구장에서 보내며, 당구장 아저씨와 돈독한 관계를 유지하며 지냈다. 당구장 아저씨는 내게 둘째 넷째 일요일에 장가가라고 했다. 그래야 자기가 참석할 수 있다며 먼 미래에 대해서 미리 이야기를 할 정도로 가까운 사이였다. 대학교 1학년 때 나의 당구 실력은 400이었다.

수업에도 거의 참석하지 않아 친구들도 별로 없었다. 그때는 내가 너무 소극적이어서 그런 줄 알았는데, 지금 생각해 보면 그냥 적응을 잘 못하는 학생이었던 것 같다. 막상 졸업 후에 공연 일을 하면서 대학 동창을 다시 만나게 되었는데, 정말 앞뒤 번호로 있던 친구들 정도를 빼고는 거의 몰랐다.

지금도 여전히 동창회에 나가 보면 처음 보는 친구들이 너무 많다. 특히 여자 동창생들은 대부분 처음 보는 사람들이다. 아마 그들도 나를 모를 거다. 그러다 보니 그들을 만나면 존댓말을 해야할지 반말을 해야 할지 헷갈리는 상황이 연출된다. 그 정도로 학교생활은 아주 젬병이었다. 한마디로 부적응자였다.

그때만 해도 학생운동이 활발했는데 어디 가서 데모를 하고 싶어도 사회 비판 의식을 갖도록 의식화 교육을 시켜 줄 선배나 친구도 없었다. 그리고 대학원에 가고 싶어도 가는 방법을 물어볼 대상이 없었다. 아마 모임에 나타나지 않으니 과 선배들도 나를 몰랐을 것이다. 이러한 상황이다 보니 누구한테 가서 뭔가를 제대로 물어볼 수도 없는 지경에 이르렀다. 어떤 학생이었는지 짐작할 것이다.

실제로 나는 영문과에서 함께하는 MT나 졸업여행에도 참석하지 않았다. 졸업사진은 찍지 않아서 졸업앨범에 사진도 없고, 졸업장도 안 찾아가서 졸업한 지 6개월 뒤 학과 사무실에서 졸업장을 찾아가라는 전화를 받을 정도였다.

나의 학교생활을 그대로 보여 주는 일화가 있다. 4학년 2학기 때 그야말로 몇 안 되는 친구 중 한 명이 시험 기간이라며 관련 자료를 빌려 주겠다고 학교 중앙도서관 7열람실에서 보자고 했다. 나는 주저 없이 친구에게 물었다.

"그곳이 7층에 있는 곳이냐?"

친구가 어이없다는 듯 대답했다.

"야, 우리 학교 중앙도서관이 다 합쳐서 5층 건물이야, 인마."

아, 나는 4학년 2학기가 되도록 중앙도서관이라는 곳에 한 번도 안 가 본 것이었다. 졸업을 하면서 4년 동안 들고 다닌 노트를 보니 필기한 페이지가 겨우 12장이었던 기억이 난다.

사실 대학 생활 동안 관심은 다른 곳에 있었다. 바로 밴드부 생활이었다. 막상 수업을 들은 건 학교에 다녔다고 말할 수도 없을 정도지만, 밴드부는 꽤 열심히 들락거렸다. 대학에서 재미있는 것들을 찾아다니는 학생이었다고 조금 구색을 갖춰 표현하고 싶지만, 아는 사람이 없어서 할 수 있는 일도 많지 않았다.

정상적인 학교생활은 아니었지만, 학교에 있는 시간은 굉장히 많았는데 그중 대부분을 고려대 서클 중 등록 1호인 취주악부라는 밴드부에서 보냈다. 완전히 밴드부에 빠져 있다며 친구들은 나를 딴따라 취급했다. 그런데 딴따라 취급을 받았으면 나팔이라도 잘 불어야 하지 않는가. 음악적 재능이 없던 나는 밴드부에서 나팔은 나팔대로 못 불고, 과에서는 과대로 엉망진창이었다.

그런데 내가 유일하게 잘하는 일이 한 가지 있었다. 바로 연주자 섭외였다. 여학생들 사이에서 인기는 없었지만 나가면 주섬주섬 이야기는 잘 하니까, 섭외도 곧잘 했던 것 같다.

당시 정기적으로 고려대와 연세대의 경기가 있을 때면 대규모 응원전이 있었고, 응원에 필요한 음악을 취주악부가 담당했는데, 전교생이 참여하다 보니 응원전의 규모가 워낙 커서 취주악부 자체 인원만으로는 감당할 수가 없는 상황이었다. 그래서 대중가요를 주로 연주하는 밤무대 뮤지션들을 많이 섭외하여 같이 응원전에 참여하곤 했는데, 그런 일들이 내겐 꽤 신나고 재미있는 일들이었다.

어쩌면 음악 비즈니스를 어렴풋하게나마 알게 된 것은 그때부터였던 것 같다. 밤무대, 소위 말하는 야간 업소에서 음악을 하는 뮤지션들을 섭외하러 다니던 그때 말이다. 지금은 사라졌지만 그때는 카바레나 스탠드바가 꽤 많았다. 그곳을 직접 찾아가 음악을 하는 뮤지션들의 무대를 보는 것은 무척 흥미로운 일이었다. 어두운 조명과 안개를 뿌린 듯 습기가 차오른 업소 내부에는 음악이 공기를 타고 날아다니는 것 같았다. 좁은 대기실에서 뮤지션들과 이야기를 나누는 시간이, 그리고 그 장소가 나에게는 별천지였다. 굉장히 재미있는 세상이 여기에 있었구나, 하는 것을 알게 되었다.

대학생과 야간 업소 뮤지션들이 잘 어울리지는 않지만, 나는 밤무대에 서는 뮤지션들과 굉장히 스스럼없이 이야기할 수 있었다. 내가 아주 친화력이 있는 사람은 아니었지만 뭐랄까, 의외로 밤무대에서 일하는 뮤지션들과 친해지는 시간은 그리 오래 걸리지 않았다.

밴드부 생활은 그냥 좋았다. 고려대와 연세대의 크고 작은 경기들은 축구, 럭비, 야구, 농구, 아이스하키 등 전 종목에 걸쳐 자주 있었고, 예선전이라도 고·연전 경기에는 항상 밴드부가 응원을 나갔다. 그때마다 밴드부 생활은 재미를 더해 갔다.

응원전에 참가할 때면 학교에서 내주는 버스로 이동했고, 경기가 끝나면 심하게 회식도 했다. 그 안에서 학교나 학과와는 무관한 선후배들을 알게 되었고, 그들과 어울려 소통할 수 있었다. 물론 내가 나팔을 잘 못 부는 것이 못내 안타깝기는 했지만, 굉장히 재미있는 시간이었다.

생각해 보면 그때도 지금도 나는 승부 근성이 강한 사람은 아닌 것 같다. 다만 재미있는 것을 찾아다녔던 것 같다. 여러 사람과 어울려 이야기하는 것이 내게는 그 어떤 수업보다 흥미로운 시간이 되었고, 더불어 재미있는 시간이었던 것 같다.

어쩌면 대학 시절 밴드부 생활이 지금의 나를 있게 했는지도 모른다. 음악과 사람, 어울림이 있는 공연 기획자가 되도록 말이다. 어쨌든 그때나 지금이나 나는 남들이 하지 않는 일을 하며 살고 있으니 궁극적으로 아웃사이더가 맞긴 맞는 것 같다.

형극의 길로 접어들다

군대를 다녀온 뒤 해외에 한번 나가 보고 싶다는 생각이 들었다. 비행기를 한 번도 타 보지 못했었고, 심지어 제주도에도 안 가 본 상태였다.

1991년 3월, 비교적 가격이 저렴했던 유나이티드 항공에 무작정 올랐다. 처음 비행기를 타 본 것이라 의자를 뒤로 젖히는 방법을 몰라 미국으로 향하는 12시간 내내 정자세로 앉아 있어야 했다. 떠나기 전 동네 형들이 비행기 안에서 뭐라도 좀 사 먹으라며 10만 원을 건네주기도 했으니 지금 생각하면 굉장히 어이없는 재미가 있었다. 말도 안 되는 이야기인 것 같지만 불과 20년 전만 해도 시골 사람들은 실제로 그랬다.

기내에서 미국에 가서 뭘 해야 할지 열심히 고민했다.

'대학 때 안 한 공부를 좀 해 볼까? 영어도 좀 더 열심히 해야 되겠는데? 아, 회화 공부를 해야겠다.'

미국에 도착해 유씨엘에이 익스텐션UCLA Extension 과정에 등록했다. 그땐 엔터테인먼트와 관련된 공부를 해 보고 싶은 생각이 조금 있었고, 그 장소로 LA가 적합할 것 같았다. 그런데 미국에서 공부하면서 느낀 것은 내가 그리 공부를 잘할 수 있는 사람이 아니라는 것이었다.

6개월쯤 노닥노닥 미국 생활을 하고 있을 때였다. 영문과 선배이자 〈아름다운 시절〉이라는 영화로 나중에 대종상을 받기도 한 이광모 감독이 당시 LA에서 유학을 하고 있었다. 나는 LA에서 우연히 이광모 감독의 집에 가게 되었는데, 그때 그가 내게 잊지 못할 한마디를 던졌다.

"야, 너 빨리 짐 싸서 한국에 가. 넌 여기서 할 일이 없어."

어렴풋이 짐작하기에 아마 내가 아무런 생각이 없어 보인다는 말이었던 것 같다.

그리고 며칠 뒤 아침, LA에 지진이 났다. 자다 깨 보니 집이 막 흔들리고 있었다. 그때 방 한구석에서 눈을 뜬 나는 짧은 깨달음을 얻었다.

'내가 지금 이 흔들리는 집 안에서
뭘 하고 있는 거지.
시간이 아깝다.'

돌아가야 한다는 생각이 번뜩 들었다. 한국으로 돌아가면 지금 보다는 훨씬 나은 삶을 살 수 있을 것 같은 생각에 일주일 뒤 비행기 표를 끊어 돌아왔다. 지금 생각하면 다분히 즉흥적이었다.

인연은 계속 돌고 있다. 몇 달 전 한 음악 영화 시사회에서 이광모 감독을 다시 만나게 되었다. 나는 20여 년 전 미국에서의 만남을 되짚었다.

"형, 그때 나한테 한 말 기억나세요? 형이 그때 다 때려치우고 빨리 한국에 돌아가라고 그랬어요."

그러나 이광모 감독은 그 말을 한 적이 있는지조차 기억하지 못했다. 그는 다소 쉽게 내뱉은 말이었지만 그때 나에게는 큰 변화를 모색하는 계기가 되었다. 이런 인연도 있다.

짧은 미국 생활을 정리하고 한국으로 돌아오면서 PD나 기자로 취직하려고 마음먹었다. 그런데 막상 입사를 준비하며 상황을 보니 언론고시라는 말이 실감날 정도로 경쟁률이 높았다.

직장을 구하기 위해 광고 기획사부터 시작해 신문사와 방송국에 모조리 원서 접수를 했다. 그리고 시험을 치렀다. 심지어는 모 항공사의 여객기 조종훈련생 모집 시험에까지 도전했다. 아마 1년 넘게 계속 입사 시험을 보았던 것 같다. 그 당시 나의 취미는 다양한 입사 시험에 응시하는 것이라 해도 과언이 아니었다. 그런데 1차 시험도 합격하지 못했다.

이후 분야를 바꿔 지원했던 방송사에서는 1차 합격을 했다. 1년 넘게 PD 시험에 지원을 했지만 다 떨어지면서 지원 분야를 카메라맨으로 바꿔서 시험을 치렀다. 그렇다고 카메라에 대해 특별히 깊은 지식이 있었던 것도 아니었다.

그때 면접관은 왜 PD로 왔어야 할 사람이 카메라맨으로 지원했느냐고 물었다. 나는 망설이지 않고 대답했다.

"그럼 지금이라도 그것 좀 바꿔 주시면 안 되겠습니까?"

당연히 불합격이었다. 우울했다. 내가 원해서 시험을 치렀던 곳은 단 한 군데도 갈 수 없었다.

정말 20대에는 뭐라도 해 보려고 했고, 꽤 열심히 했던 것 같은데 뭐가 다 잘 안 되었다. 그렇다고 포기할 수도 없었다.

해외 영업을 해 보고 싶다는 생각이 들어 당시 빠르게 성장하던 중견 의류 회사 인사 과장에게 전화를 넣었다. 당연히 공채 기간은 아니었다.

"입사하고 싶은데요, 저를 좀 채용해 주실 수 있을까요?"

이어 돌아온 인사 과장의 말투는 거칠었다.

"너 누구냐."

"인재진이에요."

나를 정상적인 사람이라고 생각해서 면접을 보러 오라고 하지는 않았을 것 같다. 면접을 보는 동안 인사 과장은 기획조정실에서 일해 보는 것이 어떻겠느냐고 물었지만, 나는 해외 영업을 하고 싶다고 말했다. 수출하는 곳의 일꾼이 되고 싶다는 의사를 표현하면서, 영어도 곧잘 한다고 말했던 기억이 있다.

이후 해외 영업 본부장 면접을 다시 보러 오라는 전화를 받고 찾아갔다. 해외 영업 본부장과 여러 임원들 면접을 마치고 나오면서 내일부터 출근하라던 본부장의 말에 내가 했던 대답이 있다.

"내일은 약속이 있어서 못 나오고, 모레부터 출근하겠습니다."

스물아홉 살의 첫 직장이었다.

내가 맡은 일은 스웨터 수출 영업이었다. 수출 영업이긴 한데 영어를 할 필요가 없었다. 지역의 하청 공장을 돌아다니며 관리를 하는 업무를 주로 했다. 내가 원했던 것과는 전혀 다른 업무였다.

그런데 막상 그곳을 나오게 된 이유는 다른 데 있었다. 함께 일했던 팀장의 모습을 지켜본 뒤였다. 신입인 내가 봐도 팀장이 앞으로 몇 년 간격으로 승진하고, 언제쯤 어떤 위치에서 무슨 일을 할지 빤히 보였다.

'언젠가 나도 저들처럼 되겠구나.'

아직 오지도 않은 내 미래가 보인다는 것이 순간 너무 싫었다. 불확실한 미래를 못 견디는 사람들도 있겠지만, 나는 예측 가능한 미래를 더 못 견뎌했다. 지금도 나의 1년 후 모습을 알 수 없다는 것이 너무 신난다. 결국 6개월 10일 만에 나는 첫 직장 생활을 마감했다.

1993년 1월, 창업을 했다. 언론사 입사 시험을 같이 준비하던 친구들과 동업을 시작한 것이다. 우리는 신문사를 차리기로 의견을 모았다. 친구의 오피스텔을 사무실로 사용하며, 3명이 서울 시내 31개 대학에만 들어가는 무가지를 만들었다. 포스트모더니즘적인 냄새를 풍기는 주간생활정보지 〈제3강의실〉이었다.

우리는 이 무가지에 광고만 넣으면 떼돈을 벌 거라 생각했다. 일을 벌이고 나서야 깨달은 사실이지만, 당시 우리 중 누구 한 명 신문이나 광고에 대해 알고 있는 사람이 없었다.

우리는 발로 뛰며 광고 영업을 시작했다. 그렇게 처음으로 어떤 주식회사의 광고를 따냈는데, 당시 광고료는 문방구 어음으로 발행된 30만 원이 전부였다. 우리는 무가지를 차에 싣고 직접 배송을 했다. 그 이동거리만 해도 어마어마했다. 지금 생각하면 정말 의지가 대단했던 것 같다. 오래갔을 리 만무한 그 사업은 예상대로 두 달 만에 망했다. 정해진 수순에 의해 망한 것이다. 이후 친구들은 다시 취업 준비를 시작했지만 나는 하지 않았다.

"이렇게 한번 살아볼 거야."

내가 형극의 길로 접어드는 본격적인 시기였다.

주먹구구도 시스템이다

나는 사수가 없었다. 지금이야 대학에 기획 관련하여 전공하는 학과도 생기고 각종 문화예술 관련 단체 등에서 아카데미도 열면서 기획자 양성 시스템이 꽤 잘 갖춰지게 됐지만 내가 이 일을 처음 시작하던 20년 전만 해도 그런 시스템이 전무했다.

한때는 대기업을 좀 다녀봤으면 조직의 생리를 조금이나마 알고, 관리 또한 지금보다는 더 잘할 수 있었을 텐데, 라는 생각도 있었다. 현실적인 한계 앞에서 내 자신의 무능함을 느끼면서 드는 생각이었다.

그런데 지금은 조금 위안을 찾게 되었다. 소위 '주먹구구'도 하나의 좋은 시스템이 될 수 있다고 생각하게 되었기 때문이다. 주먹구구식으로 운영한다고 하면 굉장히 부정적인 느낌이지만 나는 그것도 나름 시스템이라고 생각한다.

주먹구구의 사전적 의미는 '어림짐작으로 대충하는 계산을 이르는 말'인데, 나는 이걸 재즈의 가장 큰 특징인 '즉흥성'과 연관 지어 생각하게 되었다. 재즈 공연에서 연주자의 즉흥연주가 매번 달라지는 것처럼 모든 상황은 항상 변하게 되었고, 이를 대처하기 위한 사고의 유연성은 필수적인 부분이었다. 특히 페스티벌처럼 현장성이 강한 일을 하는 사람들에게는 더욱 그러하다. 이정도면 너무 지나친 논리의 비약이라든가 아전인수격 해석의 극치일 수 있겠지만, 주먹구구도 계속하면 는다.

특별한 사수 없이 지내 오면서 늘 하는 얘기가 있다.

"돼지고기 맛을 알기 위해서는 돼지 한 마리를 머리부터 꼬리까지 다 먹어 봐야 돼지고기 맛이 이런 줄 알고 배 터져 죽는 상황이 된다."

원래 사수가 있으면 이렇다.

"아, 이게 삼겹살 한 점 먹고, 갈비 한 점 먹고, 족발 한 번 먹어 보니 돼지고기 맛이 이렇구나."

그런데 나는 진짜 돼지 한 마리를 통째로 다 먹는 상황이 벌어졌다. 그리고 배가 터진 것이다. 돌이켜 보면 그게 다 나중에 여러 가지로 도움이 되기도 했다. 응용력이 생겼으니 말이다.

그렇지만 누군가 나에게 정확한 충고를 해 주고 방향을 일러 주었다면 지금보다 많은 시간을 절약할 수 있지 않았을까, 하는 생각도 있다. 또한 하지 않아도 될 너무나 많은 소위 '뻘짓'을 줄일 수 있었을 것이다. 그런 일들을 하면서 받은 경제적 손실이 너무 커서 헤어나기까지 몇 년간 너무나도 힘든 시간을 보내야 했기 때문이다.

내게 그리 큰 의미가 있는 일도 아니었는데 그때는 왜 그렇게 집착했을까, 하는 것들이 있다. 대표적인 예로 〈손오공 대모험〉 같은 인형극인데, 내가 외도 아닌 외도를 했던 몇 안 되는 공연 중 하나였다.

중국 성도의 인형극단을 초청해 〈손오공 대모험〉이라는 제목으로 리틀엔젤스예술회관에서 한 달간 공연을 올렸다. 사람만 한 나무 인형이 중국 무술도 보여 주고 순간적으로 얼굴을 바꾸는 변검도 하는 공연이었는데 흥행에 참패했다. 나에게만 흥미로운 공연이었던 것이다.

사실 무대 위에서도 객석이 다 보이기 때문에 극단도 이 공연이 참패했구나 하는 걸 다 알았을 것이다. 그리고 단원들이 동요하기 시작했던 것 같다.

"출연료는 다 받을 수 있을까."

공연이 끝날 날이 다가왔다. 극단에 줘야 할 돈과 공연을 마무리하기 위해 필요한 돈은 거의 2억 원에 가까웠다. 정말 난감한 상황이었다. 그때 나는 부모님은 말할 것도 없고, 내가 알고 있는 모든 사람들에게 전화를 넣었다. 돈 좀 꿔 달라고.

"야, 돈 없어? 나중에 나 잡혀가고 나서 그때 사식 넣네, 마네

그딴 소리 할 것도 없고, 지금 당장 돈 좀 꿔 줘. 돈이 없으면 현금 서비스라도 받아서 내일 11시까지 30만 원이라도 보내. 이거 한중 간의 외교문제로 비화될 수도 있어."

한중 관계 운운하며 겁을 주기도 하면서 하루 종일 돈을 빌려 달라는 전화를 걸었다. 그리고 다음 날 아침, 은행에 가서 확인해 보니 약 1억 5천만 원 정도가 입금되어 있었다. 정말 대단한 기술이라고 생각한다.

빌린 돈으로 공연비를 치르고 중국 공연단을 배웅했다. 한 달 동안 공연을 하면서 정이 들었는지 그들은 눈물을 보였다. 그리고 극단 단장은 너무 고맙다며 내게 인사를 건넸다.

"넌 나의 양아들이야."

공연으로 적자를 본 나에게 단장은 꽤 많은 위로를 해 주었다.

"뭐라도 도와줄 테니, 필요한 게 있으면 이야기해라. 내가 성도에서는 널 도와줄 수 있다."

그분은 정말 성도에서 굉장히 영향력 있는 사람이었다. 당시 중국의 고위층과 바로 통화를 할 수 있을 정도였으니 말이다.

극단 사람들은 마음이 참 따뜻했다. 공연 당시 그들은 말린 열매를 가지고 다니며 항시 먹었는데, 나에게도 먹어 보라고 건네준적이 있다. 나는 예의상 맛있다고 말해 주었지만 정말 무슨 맛인지 알 수 없었다. 그런데 중국으로 돌아간 극단 단장은 해마다 내생일이면 그 열매를 한 박스씩 보내 주었다. 거절할 수 없는 그 마음은 그렇게 2, 3년간 요상한 열매를 받는 것으로 이어졌다.

지금 생각해 보면 그 공연은 나와 그렇게 잘 맞는 공연은 아니었던 것 같다. 그때나 지금이나 나는 재즈 공연 기획자다. 그런데 그 인형극을 처음 보았을 때는 정말 신기하다고 생각했다.

'어, 인형의 얼굴이 눈 깜짝할 사이에 바뀌네?'

사실 나는 〈손오공 대모험〉이 그렇게까지 참패할 거라고는 생각하지 못했다. 처음 신문을 통해 인형극단을 접하고 성도에 가서 직접 눈으로 확인했을 때는 공연장에 관객들이 엄청나게 몰려 있었기 때문이다. 나중에 알게 된 사실이지만 중국처럼 인구가 많은 나라에서는 뭘 해도 사람들이 바글바글하다. 어쨌든 공연 참패의 후유증은 아주 오래갔다.

당시 내가 고생을 많이 한 것은 주변 사람들도 다 알고 있었다. 그래서 농담처럼 하는 말이 있었다.

"아, 인재진 진짜 걱정이야.
돈도 되지 않는 공연을 열심히 해.
불쌍한 기획자야.
인재진이 뭐 한다는데 도와줘야지."

그래서 신문 기자든 PD든 간에 무조건 나를 챙겨 주려 했다. 육체노동을 하는 사람이 아닌 바에야 고생이라는 것의 대부분은 경제적인 문제다. 기획자가 경제적으로 쪼들린다는 것은 흥행에 실패했다는 것이고.

　　그날 내가 했던 시간을 정해 놓고 돈을 빌리는 일은 엄청난 스트레스였다. 나처럼 스트레스를 받지 않는 사람에게도 말이다.

조금만 기다려   주세요

1999년쯤으로 기억한다. 대학로에서 재즈 전용 극장인 '딸기극장'을 운영할 때였다. 어느 날 모 방송국에서 나에게 30분짜리 인물 다큐멘터리를 찍자는 연락을 해 왔다. 얼마나 찍을 사람이 없었으면 나한테 다큐멘터리를 찍자고 제안을 해 왔을까, 하는 생각이 들었다. 그런데 한편으로는 재즈 공연 기획자가 별로 없는 우리나라에서 재즈 전용 소극장을 운영한다는 것에 관심을 보인 것이라 여겨져 흥미롭기도 했다.

어쨌든 나는 재즈와 극장을 함께 홍보하고자 하는 마음에서 흔쾌히 제안을 받아들였고, 꽤 열심히 프로그램을 만들었던 기억이 있다.

촬영을 마치고 얼마 뒤 방송국으로부터 방송 날짜가 잡혔다는 연락이 왔다. 나는 기쁜 마음에 자랑하듯 어머니에게 전화를 드렸다.

"저 TV에 나와요."

생각해 보면 그때 부모님 속을 무척 썩이던 상황이었지만 그래도 어머니께서는 아들이 TV에 나오는 것이 무척 기쁘고 자랑스러우셨을 것이다.

그런데 문제는 다큐멘터리가 방송되던 날 터졌다. 어머니는 아들 자랑을 하시며 동네 아주머니들을 모두 집으로 불러서 TV를 시청하셨다.

당시 돈이 없어 장부를 달아놓고 먹던 극장 1층 식당에서 찍은 영상이 방송을 탔다. 식당 안으로 들어서며 내가 음식을 주문할 때 식당 아주머니가 한마디를 던지는 상황이었다.

"외상값은 언제 갚는 거야?"

나는 얼떨결에 안 떼어먹으니까 조금만 기다리라고 했다.

"아, 조금만 기다려 보세요. 인천항에 배 들어오면 바로 결제되니까."

시골집에서 방송을 본 동네 아주머니들은 어머니에게 위로 아닌 위로를 했다.

"아, 정말 이 집 아들 엄청 고생하고 지내나 봐."

방송이 나간 다음 날 어머니는 바로 서울에 올라오셨다. 그리고 내게 물으셨다.

"그 식당이 어디냐. 내가 너 때문에 속상해 죽겠다. 동네 창피해서 어딜 다닐 수가 없어."

30대 중반이었던 나에게 늘 걸림돌이 되었던 것은 요즘 말로 이른바 '엄친아'에 대한 이야기였다. 어머니는 동네 아주머니들과 늘 말씀하시는 '누구네 집 아들', '누구네 집 딸'에 대한 이야기를 한참 늘어놓으셨다. 듣다 못한 나는 어머니에게 당당하게 말했다.

"어머니, 대한민국에
의사, 판사, 검사를 포함해
'사'자 들어가는 직업을 가진 사람들이
얼마나 많은지 아세요?
하지만 지금 나와 같은 일을 하는 사람은
아마 손꼽아도 얼마 되지 않을 겁니다.
어머니가 조금만 더 기다려 주시면
내가 어머니 자식이라는 게
자랑스러울 날이 올 거예요."

그러나 어머니에게 돌아온 대답은 그리 호의적이지 않았다.

"야, 이놈아. 내가 그 얘기 들은 게 지금 몇 년 째인지 모르겠다."

어머니는 그날로 나의 외상값을 다 갚아 주신 뒤 바로 시골로 내려가셨다. 불투명한 나의 미래에 대해 많은 걱정을 하시며. 멀어져 가는 어머니의 뒷모습을 바라보며 마음 한구석이 먹먹했다.

부모님께 처음 용돈을 드려 본 것이 불과 몇 년 전이다. 그전에는 사는 것이 너무 힘들어 용돈을 드릴 여유가 없었다. 어느 해인가 어머니 생신 때 눈물을 꾹 참아야 했던 적도 있다.

그날 여동생으로부터 전화가 왔다.

"오빠는 선물 없어도 되니까, 케이크 하나만 사 와."

나름대로 나를 배려했던 동생의 말이었다. 그런데 나는 케이크 하나 살 돈도 없었다. 통장에는 단 돈 1만 원이 없어 출금도 되지 않는 상황이었다. 나는 내가 가진 모든 통장의 잔고를 확인하기 위해 은행을 돌아다녔다. 그리고 2천 원, 3천 원이 전부였던 통장 잔고를 피 같은 수수료 500원을 떼이며 한 계좌로 모았다. 1천 원도 없는 통장도 있었고, 무려 3천 원이 넘게 있는 통장도 있었다. 어렵게 모은 1만 원이었지만 어머니께 케이크를 사다드릴 수 있다는 마음에 조금은 뿌듯했다.

돈을 출금해 빵집으로 향했다. 진열된 케이크 중에서도 제일 작은 것 하나와 몇 백 원짜리 손바닥 반만 한 축하카드를 살 수 있었다. 그리고 생신 파티가 열리고 있던 형네 집 앞에 쭈그려 앉아 어머니께 드릴 축하카드를 썼다.

"어머니, 이 케이크는 작지만
제 마음은 누구보다 크게
어머니 생신을 축하하고 있습니다."

그때 나는 정말 눈물이 많이 났다.

지금 어머니께서는 그 누구보다 아들 자랑을 많이 하고 다니신다. 동네에서 만나는 모든 사람들에게 마르고 닳도록 자랑을 하신다. 가끔 나는 그날이 떠오를 때면 찾아 읽는 시가 있다. 그때는 그렇게 살았다.

두고 온 시

고은

그럴 수 있다면 정녕 그럴 수만 있다면
갓난아기로 돌아가
어머니의 자궁 속으로부터
다시 시작하고 싶을 때가 왜 없으리
삶은 저 혼자서
늘 다음의 파도소리를 들어야 한다

그렇다고 가던 길 돌아서지 말아야겠지
그동안 떠돈 세월의 조각들
여기저기
빨래처럼 펄럭이누나

가난할 때는 눈물마저 모자랐다

어느 밤은

사위어가는 화톳불에 추운 등 쪼이다가

허허롭게 돌아서서 가슴 쪼였다

또 어느 밤은

그저 어둠속 온몸 다 얼어들며 덜덜덜 떨었다

수많은 내일들 오늘이 될 때마다

나는 곧잘 뒷자리의 손님이었다

저물녘 산들은 첩첩하고

가야 할 길

온 길보다 아득하더라

바람 불더라

바람 불더라

슬픔은 끝까지 팔고 사는 것이 아닐진대

저만치

등불 하나

그렇게 슬퍼하라

두고 온 것 무엇이 있으리요만

무엇인가

두고 온 듯

머물던 자리를 어서어서 털고 일어선다

물안개 걷히는 서해안 태안반도 끄트머리쯤인가

그것이 어느 시절 울부짖었던 넋인가 시인가

7년간 신용불량자로 살았다

내가 가장 좋아하는 취미 중 하나는 낚시다. 어렸을 때부터 아버지께서 나를 데리고 낚시하러 다니는 것을 무척 좋아하셨다. 특히 나의 고향 충남 당진에는 저수지와 수로가 많아 어른이나 아이 할 것 없이 낚시를 즐겼다. 이후 혼자서도 낚시를 자주 하러 다녔는데 그때 언뜻 들었던 생각이 있다. 혹시 아버지는 나에게 심부름을 시키시려고 데리고 다니셨던 것은 아닐까 하는.

어쨌든 어릴 적부터 자주 접했던 탓인지 나는 지금도 낚시를 엄청나게 좋아한다. 그런 이유에서인지 TV를 봐도 낚시 채널을 즐겨 본다. 심지어는 FTV라는 낚시 채널을 보다가 〈낚시 in 피플〉이라는 코너에 너무 나가고 싶어 우리 홍보 담당자를 졸라 출연 스케줄을 잡았을 정도다.

낚시 채널을 볼 때면 떠오르는 특별한 추억이 있다. 10년쯤 전인가 "199,000원짜리 루어낚시 3종 세트를 무이자 3개월 할부로"라는 광고를 보게 되었다. 순간 나는 진짜 엄청나게 그것을 사고 싶었다. 하지만 '무이자 3개월 할부'는 나에게 언감생심, 꿈도 꾸지 못할 일이었다. 그때 나는 신용불량자였다. 〈손오공 대모험〉의 참패로 7년간 신용카드는 물론 생활비도 없이 빚에 쫓겨 사는 우울한 시절이었다.

신용불량자로 살았던 그 시절을 돌이켜 보면 웃지 못 할 많은 깨달음을 얻었던 것 같다. 카드 값이 밀렸을 때 어떻게 대처해야 하는지, 카드회사로부터 독촉 전화가 올 때면 뭐라고 해야 하는지, 그리고 신용카드사에서 신용정보 회사로 자료가 넘어가고 난 뒤에는 어떻게 대처해야 하는지를 말이다. 나중에는 채권 추심원과 호형호제 하는 관계가 되기까지의 과정을 거치며 확실히 알게 된 사실 한 가지가 있다. 어떤 상황에서든 완전히 잠적하면 안 된다는 것이다.

세상에는 경제적으로 어려운 상황에 처한 사람들이 너무 많다. 그들은 모두 돈을 갚기 싫어서가 아니라 현실적으로 불가능한 상황이어서 본인의 의지와는 전혀 관계없이 돈을 갚지 못하는 사람이 대부분일 거라는 생각이다. 그런데 그렇게 힘들 때일수록 현실에서 도피하지 말고 자기의 상황을 정확하게 이야기하고 소통에 대한 최소한의 성의를 보여야 한다. "아, 이 사람이 뜻은 있으나 상황이 어렵구나."라는 것을 상대에게 알려 줄 필요가 있다. 그러면 독촉을 하던 상대도 "얼마나 어렵기에 이렇게 독촉을 하는데도

보내고 나면 아무것도 아닌 것들이 있다.

어차피 잡히지 않았던 나의 미래라면.

돈을 못 갚는 것인가."라는 생각을 가질 수 있다는 말이다.

이러한 대처는 어려운 과정을 극복해 나가는 데 상당히 큰 도움이 된다. 나중에 채권 추심원과 신뢰를 쌓다 보면 나름대로 부채 탕감의 혜택(?)도 받을 수 있게 되는데 잠적을 하면 절대 받을 수 없는 혜택이다.

당시 나는 전기가 끊긴 집에서 촛불을 켜 놓고 3개월간 살았다. 내게는 아주 익숙한 공간이어서 크게 불편함을 느끼지는 않았던 것 같다. 이후 가스와 수도도 끊겼지만, 집 앞에 서 있던 가로등이 매일 집 안을 은은하게 비춰 주었다.

결국 빚 때문에 내가 살던 어머니 명의의 집마저 팔아야 했다. 자라섬 페스티벌 3회 때까지 누적된 많은 부채로 스태프들에게 1년 넘게 급여를 지급하지 못하는 최악의 상황이었다. 집을 팔기 전 나는 벽지 위에 써 놓았던 글을 보았다.

"부채負債는 성자聖者의 영혼도 좀먹는다."

지금도 그 말을 금과옥조로 여긴다.

몇 년 전, 7년간의 신용불량자 생활을 마치고 신용이 회복되어 다시 신용카드를 받았다. 그리고 내가 가장 처음으로 한 일은 '루어낚시 3종 세트'를 구매한 것이다.

負債는 聖者의
영혼도 좀먹는다 !

격세지감

2003년 헌법재판소의 위헌판결로 지금은 없어졌지만, 공연을 하든 영화를 상영하든 문예진흥기금을 의무적으로 내야 했던 시절이 있다. 이 기금은 관객이 구입하는 모든 문화예술 공연 티켓에 포함되어 있었는데, 그 공연을 기획하고 홍보하는 프로모터는 티켓 수익에 포함된 이 기금을 지금의 한국문화예술위원회에 내야 했다. 당시 이 기금을 내지 않으면 법적으로 공금횡령이라는 위법 행위가 되었다.

프랑스의 유명한 샹송 가수인 파트리샤 카스Patricia Kaas 공연을 할 때 꽤 큰 1천2백만 원이라는 문예진흥기금이 발생했는데 그 돈을 낼 수 없는 형편이었다. 기대에 못 미치는 흥행 실적과 그간 누적된 적자로 인해 다른 곳에 지출해야 할 돈도 너무 많은 상황에서 문예진흥기금 1천2백만 원은 도저히 감당할 수 없는 액수였다.

결국 재판을 받은 후 300만 원의 벌금을 물게 되었다. 정말 벌금마저도 낼 수 없을 정도로 가난했던 시절이었다. 물론 나뿐만 아니라 지금 문화예술계에서 나름대로 왕성하게 활동하는 있는 대부분의 기획자들은 이 기금을 내지 못해 곤욕을 치른 경험이 한두 번쯤은 다 있을 것이다.

문예진흥기금과의 인연은 그것으로 끝나지 않았다. 지금 나는 한국공연예술센터의 이사직을 겸하고 있는데, 이곳은 문화체육관광부 산하의 단체라서 임원이 되려면 정부로부터 인사 검증을 받아야 한다. 이 검증을 받는 과정에서 나는 다시 한 번 문예진흥기금을 내지 못했던 그때를 떠올려야 했다. 그날의 기억을 까맣게 잊고 있었는데 말이다. 그리고 1천2백만 원이라는 돈을 한참 후에 다 냈다는 사실도 알게 되었다. 대단하지 않은가.

가끔 기획 일을 처음 시작할 때와는 많이 달라진 지금의 나의 위치에 깜짝깜짝 놀랄 때가 있다. 몇 주 전에도 재미있는 일이 벌어졌다. 한국문화예술위원회에 강의를 하러 가게 된 것이다. 명사특강이라는 큰 주제로 '자라섬국제재즈페스티벌을 통해 본 성공적인 음악 축제 기획'에 대한 강의를 하게 되었다.

약 15년 전 문예진흥기금을 내지 못해 당시 문예진흥원으로부터 고발을 당한 후 결국 경찰서까지 가야 했었는데, 지금은 그곳으로부터 초청을 받게 된 상황이 좀 멋쩍었다. 그날 나는 한국문화예술위원회에서 근무하는 직원들 앞에서 이렇게 말문을 열었다.

"오늘 여러분 앞에서 강의를 하게 된 이 상황이 너무나도 흥미진진합니다."

격세지감이 느껴지는 순간이었다.

〈자라섬국제재즈페스티벌〉이 성공하면서 정말 많은 곳에서 강의 요청이 온다. 강의료를 줄 수 없는 곳이라도 자라섬을 홍보한다는 차원에서 즐거운 마음으로 지방까지 내려가기도 한다.

강의를 하다 보면 교육생들에게 오히려 배우는 경우가 있다. 나는 재즈 페스티벌 기획자로서 일반인은 경험할 수 없는 매우 제한적인 경험을 소개하는데, 교육생들은 나의 경험을 자신의 경험에 빗대 재해석해 자기 것으로 만들어 낸다. 이러한 사람들의 공감은 특수한 주제도 보편적인 주제로 끌어낼 수 있게 한다. 강의는 소통을 전제로 하지 않으면 아무런 의미가 없기 때문이다.

그런데 이런 강의를 마치고 나면 한두 군데서 별도로 지역의 문화나 축제, 행사와 관련한 컨설팅을 해 달라는 요청이 들어온다. 그것을 마다할 이유는 없지만 한편으로는 쓸쓸한 생각이 드는 순간이기도 하다. 왜냐하면 예전에 그곳에 방문하여 이야기를 한 적이 있었기 때문이다.

물론 그때는 초청 강의 때문이 아닌, 무언가 새로운 것을 해 보자는 제안을 하기 위해 내가 찾아갔었다. 그때 내 이야기를 듣던 사람의 대부분은 마치 나를 사기꾼인 양 쳐다보며 내 말에는 전혀 귀를 기울이지 않았다. 그런데 불과 몇 년이 지나 〈자라섬국제재즈페스티벌〉이 성공하고 난 지금은 나의 이야기를 듣고 싶어 하고, 내가 하는 말을 놓칠세라 받아 적기도 한다. 심지어는 나에게 강의료도 준다. 그런데 재미있는 사실은 예전이나 지금이나 내가 하는 말이 모두 똑같다는 것이다. 같은 이야기를 하면서도 그때는 사기꾼 취급을 받았는데 지금은 돈을 받고 있다. 정말 똑같은 이야기를 하고 있는데도 말이다.

안 하고 못 하고 산다

서울과 가평을 오가다가 가평으로 완전히 이사한 지 8년째다.

〈자라섬국제재즈페스티벌〉을 10년 동안 올리며 이제는 가평 사람들과도 많이 친해진 것 같다. 물론 나를 좋아하는 사람들도 있겠지만 안 좋아하는 사람들도 있을 것이다. 내가 너무 많은 돈을 페스티벌에 쏟아붓고 있다고 생각할 수도 있다. 자기 주머니에 돈이 들어오지 않는 이상 실제 페스티벌이 지역에 어떤 도움이 되는지 가평 주민들은 피부로 와 닿지 않기 때문이다. 그래서 별 의미 없다고 생각하는 사람들도 있을 것이라 본다.

외지 사람이 고향도 아닌 가평에 와서 과연 얼마나 기여할 것인지에 대해 끊임없이 의심의 눈초리로 쳐다보는 사람들도 있다. 그래도 가평에 처음 들어왔을 때보다는 훨씬 좋아진 것을 느낀다.

처음에 페스티벌의 예산 구조를 잘 모르는 사람들로부터 흔히 듣던 오해 섞인 이야기는 이런 것이다.

"행사 한 번 하면 30억 정도 번다며?"

"좋은 차 타고 다니던데 돈이 어디서 생긴 거야?"

집집마다 입에서 입으로 와전되어 소문이 무성했다. 사실 페스티벌로부터 발생하는 수익은 나와 아무런 관계가 없다. 가평군과 체결한 협약에 따라 수익금 중 일부를 재원으로 하여 나도 사단법인인 자라섬재즈센터로부터 월급을 받고 있고, 나머지 수익은 모두 가평군으로 귀속된다. 또한 내가 타고 다니는 차는 아내가 사준 것이다.

거만하다는 오해도 진짜 많이 받았다. 나한테 정말 어울리지 않는 표현이 거만하다는 말인데, 내가 골프도 안 치고 술도 못 마셔서 생긴 오해였다.

한 번은 이런 일이 있었다. 가평 주민이 된 기념으로 막걸리를 마시러 가자고 권유받은 적이 있다. 그런데 내가 할 수 있는 답은 "아니요, 저는 괜찮습니다." 뿐이었다. 술을 전혀 못하기 때문에 거절할 수밖에 없었다. 그런데 이후 돌아온 대답은 정말 무시무시했다.

"뭐가 잘났다고 같이 한잔 안 먹고."

이 말은 몇 사람의 입을 더 타고 넘어가 "굉장히 거만해."로 와전되었고 결국 극단의 결론이 등장했다.

"우리하고는 상종도 하지 않아."

한국 사회에서 비즈니스로 성공하려면 보통 두 가지 키워드가 필수로 따라붙는다. 불행히도 나에게는 모두 단점으로 작용하는 것들이다.

첫 번째는 골프다. 나는 골프를 치지 않는다. 굳이 이유를 만들자면 예전에는 돈도 없고 찌글찌글하게 지내느라 골프를 배울 여력이 없었다. 그리고 골프를 치면서 할 비즈니스도 없었다. 지금이라도 배워서 치자면 치겠으나 나는 무언가 돈을 내고 배우는 걸 너무 싫어한다. 실제로 단 한 번도 돈을 내고 무언가를 배워 본 적이 없다. 그래서 뭐든 그냥 혼자서 슥슥 해 본다. 그리고 너무 많은 사람들이 하는 것이면 늘 안 한다는 신조가 있기 때문에 안 치는 것이다.

그런데 〈자라섬국제재즈페스티벌〉이 커지고 강연도 다니기 시작하면서 예전에는 생각지도 못했던 사람들을 만날 기회가 늘어났다. 그럴 때마다 사람들은 내게 "언제 골프나 한번 치죠."라는 말을 인사처럼 건넨다. 실제로 가평은 골프를 치기에 매우 좋은 환경이다. 주변에 좋은 골프장도 많고 게다가 지역 주민은 할인까지 해 준다. 그러나 내 대답은 늘 같다.

"저 골프 안 치는데요."

이렇게 말하면 거기서 상대와 한 번 금이 쫘악 간다. 우리나라에서는 골프를 치지 않으면 한 번 만났던 사람과 다시 만날 수 있는 기회가 사라지는 것 같다. 물론 자연스럽게 사람들과의 만남을 지속하기 위해서나 뭔가 비즈니스에 필요하다고 생각해 골프를 칠 수도 있겠으나 아직도 나는 골프를 치면서 할 만한 나의 비즈니스는 없다고 생각한다. 그런 골프가 지금도 문제이기는 하다.

또 한 가지는 술이다. 나는 술을 못 마신다. 내가 술을 못 마시니 술을 권할 일도 없다. 물론 노력을 하지 않은 건 아니다. 술을 마셔야 비즈니스가 된다고 하기에 혼자서 꽤 심하게 노력해 본 적도 있다.

"조금씩 먹으면 늘어."라는 말을 듣고 매일 밤 집에서 소주를 한두 잔씩 먹고 잤다. 집에서 혼자 마셨던 건 내가 취해 기절할 것에 대비한 나름대로의 방편이었다. 그런데 소주를 마시자마자 비몽사몽이 되어 잠들어 버렸다.

가상한 노력이 몇 달간 이어지던 중 밖에서 와인 마시기를 시도했다. 그런데 집에 와서 '너무 어지럽다, 취한 것 같아.'라는 생각을 하며 침대에 누웠는데 숙취 때문에 잠들지 못했다. 화장실에 가려고 일어나려 해도 몸이 움직이질 않아 침대에서 그대로 데굴데굴 굴러 떨어져 화장실까지 기어갔다. 정말 티셔츠 한 장이 흥건히 젖을 정도로 식은땀을 흘렸다.

화장실에 가서도 일어나질 못해 바닥에 누워서 술을 게워 냈는데 붉은색이었다. 순간적으로 '아! 내가 피를 토하는구나! 내가 이러다 죽는구나!' 하고 정신이 몽롱해졌다. 나중에야 정신을 차리고 '맞다, 레드 와인을 마셔서 그런 거구나.' 하고 혼자 안심한 적도 있다.

그날 내가 마신 술은 와인 한 잔이 전부였다. 술을 잘 마시는 사람들은 보통 술을 권할 때 "야, 한 잔 마신다고 죽냐."라고 하는데 그날 나는 내가 정말 술 한 잔에 죽을지도 모른다고 생각했다. 그렇게 나의 노력은 흐지부지 수포로 돌아갔다.

실제로 술을 먹고 기절해 크게 다친 적도 몇 번 있다. 한번은 〈자라섬국제재즈페스티벌〉을 홍보하기 위해 일간지 음악 담당 기자들과 모여 술을 마셨다. 그런데 나 또한 그들과 박자를 맞추겠다고 술을 마신 것이다. 그래 봐야 몇 시간 동안 맥주 반 병 정도였다. 그런데 속이 너무 안 좋아 비틀거리며 화장실로 걸어가다가 기억을 잃었다.

목격자들의 말에 의하면 내가 걸어가다가 통나무 넘어지듯 갑자기 휙 쓰러졌다고 했다. '어어어어' 할 정신도 없었다. 순식간에 술집은 아수라장이 되었는데 그때 합석했던 이선철은 쓰러지는 나의 모습을 보고 '아, 이제 〈자라섬국제재즈페스티벌〉은 내가 도맡아서 해야 하나.'라고 생각했다고 한다.

다음 날, 희한한 두상을 하고 있는 내 모습을 보고 깜짝 놀랐다. 기절하면서 바닥에 머리를 심하게 부딪쳐 큰 혹이 생긴 것이었다. 정말 어마어마하게 큰 혹이었다. 그날 의사가 내게 한 말이 있다.

"절대로 술을 마시지 마세요."

술 때문에 기절한 게 몇 번째인지 모르겠다. 굉장히 피곤할 때 그런 증세가 더 쉽게 나타나는 것 같기도 하다. 아버지께서도 술을 드시면 나와 비슷한 증상을 보이시는데, 아마 내 생각에는 술을 마시면 순간적으로 교감신경의 균형이 깨지는 것 같다.

그래서 지금도 나는 골프와 술, 이 두 가지는 안 하고 못 하고 있다. 멀어져 있는 것이다.

불분명한 커뮤니케이션

자라섬재즈센터는 스태프들을 하드 트레이닝시키기로 유명하다. 정확히는 계명국 사무국장이 하드 트레이닝을 시킨다. LG아트센터와 예술의전당에서 근무한 경력이 있는 사무국장은 매우 열정적이고, 일하다 죽는다는 각오로 업무에 임하는 스타일이며, 스태프들 교육을 잘 시킨다.

진짜 혼내기도 많이 혼낸다. 굳이 말하자면 공연계의 최고 스태프를 양성하겠다는 목표가 있기 때문이다. 그 대신 자라섬재즈센터에서 일한 경력이 있으면 어디에서든 능력을 인정받는다는 장점도 있다. 나와는 다르게 분명한 커뮤니케이션을 하는 사람이 바로 사무국장이다.

요즘은 각종 문화예술 관련 공공단체에서 기획자를 양성하는 교육 프로그램을 많이 운영하고 있다. 내가 처음 공연 일을 시작할 때만 해도 볼 수 없었던 다양한 아카데미가 생겼다. 나는 사수가 없어 주먹구구로 일해 왔지만, 스태프들에게는 형편이 허락하는 한 배움의 기회를 많이 제공하려고 노력한다.

하루 3시간씩 10년간 창의적인 일에 매달리면 세계적인 전문가가 될 수 있다는 '1만 시간의 법칙'도 있지 않은가. 그렇게 10년이라는 시간을 자신이 원하는 일에 투자하면 이후 기획자로서 독립해 먹고 살 수 있는 것 같다.

나는 그저 스태프들에게 내가 체험한 기획자로서의 기본적인 자세를 알려 주는 일을 한다. 예를 들어 홍보를 담당하는 스태프들에게 강조하는 것은 이런 것이다. 홍보의 기본은 다리품을 얼마나 파는지에 달려 있다는 것이다. 그런데 문제는 다리품을 팔아 홍보를 하는 일에도 원칙이 있어야 한다는 것이다.

첫째, 홍보를 해 달라고 부탁하는 '나의 손'이 부끄럽지 않아야 한다. 확신이 없는 콘텐츠를 들고 다니며 많은 사람들에게 널리 알려 달라고 부탁하는 것은 안 된다는 말이다. 그것은 홍보를 떠나 '나'라는 사람을 어떻게 자리매김할 것인가, 하는 문제로 이어진다. 그래서 좋은 콘텐츠를 만드는 것이 우선순위가 되어야 한다.

둘째, 스스로 취재원이 되어야 한다. 예를 들어 기자나 PD를 만날 때 단순히 내가 홍보하고자 하는 것만 알리는 것이 아니라, 그들이 궁금한 사항이 있을 때 언제든 '나'를 찾게끔 해야 한다는 것이다. 전문가가 되라는 말이기도 하다.

—

우리는 같은 편이다.

기획자는 콘텐츠를 가지고 일하는 사람들이기 때문에 핵심 콘텐츠에 대한 이해가 반드시 전제되어야 한다. 홍보나 운영, 마케팅도 핵심 콘텐츠에 대한 정확한 이해가 있을 때 가능해지는 일이기 때문이다. 좋은 콘텐츠를 가지고 열심히 다리품을 팔아 홍보원과 취재원의 역할을 동시에 해낼 수 있다면 금상첨화다.

나는 언론사에 직접 돌아다니며 페스티벌 홍보를 한다. 중요한 홍보들은 내가 직접 하는 것이 맞는 것 같다. 최근 들어 홍보 대행사를 이용하는 곳들이 많은데, 나는 그것에 반대하는 입장이다. 기획자는 다양한 일을 할 줄 알고, 또 해내야 하는 사람이다. 기획뿐만 아니라 홍보나 운영, 마케팅 등 여러 가지 일을 모두 알고, 또 소화해야 하는 사람이라고 생각한다.

홍보만 배워서 홍보 대행사로 독립하는 것이 나쁘다는 말은 아니다. 그러나 기획자로서 함께 일하는 스태프들도 모두 다각적인 능력을 갖추고, 독립할 수 있게 만들어 주는 것이 나의 책임이라고 생각한다. 그리고 배우는 입장에서도 이러한 일들에 재미와 흥미를 느낄 수 있어야 한다.

나는 혼자 처리해야 할 일들은 그나마 잘 해결해 나가는 것 같다. 태생적으로 조직을 운영할 수 있는 성격이 못 되는 것 같기도 하다. 그래서 나의 역할은 스태프들을 재미있게 해 주거나 신뢰를 갖도록 하는 일이다.

실제로 내가 사무실을 비울 때면 스태프들이 굉장히 불안감을 느낀다. 페스티벌이 얼마 남지 않은 상황일 때면 더욱 그런 것 같다. 그렇다고 해서 내가 사무실에서 심하게 일을 하는 것도 아니다. 다만 지역 축제를 하다 보니 직접 사람을 만나서 해결해야 하는 문제들이 발생하기 때문인 것 같다.

우리나라 사람들은 기본적으로 대표와 이야기하고 싶어 하는 특성이 있다. 그러한 응대 때문이라도 내가 사무실에 있는 것이 스태프들에게 심적인 안정감을 주는 것 같다. 왜, 그런 사람들이 있지 않나. 다짜고짜 찾아와서 "사장 나오라고 해!" 하는 사람들.

이제 나이 차이가 많이 나는 스태프와는 20년 이상씩 차이가 난다. 가끔 내 나이를 계산할 때마다 깜짝깜짝 놀라지만, 실제 스태프들과는 나이 차이를 많이 느끼지 않는 편이다. 그래서인지 비교적 스스럼없이 이야기한다. 물론 근거 없는 자신감일 수도 있지만 나는 그렇게 믿고 있다.

문화예술과 관련된 일을 하는 사람들에게 있어서 나이 차이는 큰 문제가 되지 않는다. 비교적 사고가 자유롭기 때문이라고 생각하는데, 이것은 문화예술 종사자들의 특징일 수도 있다.

싸울 때도 대뜸 "야, 너 몇 살이야."라는 말을 먼저 하는 것만 봐도 알 수 있다. 나이가 계급이 되어 버린 사회지만 아무리 나이가 어리다고 해도 독립된 성인으로서 동등하게 대하고, 그들의 의견을 존중해 줘야 한다. 그래야만 좀 더 창의적인 일들을 도모할 수 있다. 어쨌든 스태프들과는 그런 면에서 소통이 잘되는 편이다. 그럼에도 스태프들이 가끔 나를 어렵다고 느끼는 것은 말수가 적은 탓인 것 같다.

스태프들에게 매일 커뮤니케이션이 가장 중요하다고 말하지만 사실 나 자신은 너무 불분명한 커뮤니케이션을 하는 치명적 결함의 소유자인 듯하다. 예를 들어 내가 즐겨 쓰는 충청도 사람 특유의 말투가 있다.

"봐서."

이 말은 충청도에서도 서산과 당진 지역 사람들이 많이 쓰는 말인데, 상당히 애매한 표현이다. 어떤 일을 한다는 건지, 안 한다는 건지, 약속한 장소에 온다는 건지, 안 온다는 건지 알 수 없기 때문이다.

대부분의 경우는 안 한다는 말이고, 안 간다는 말이다. 충청도 사람들은 NO라는 말을 하지 않고, 여지를 조금 남겨 두는 편이다. "봐서 가든가 말든가." 하겠다는 말인데 사실 안 간다는 쪽이 많다. 그렇다고 완전히 안 간다는 말도 아니다. 그러나 대체로 안 가는 쪽이 많다. 가끔 스태프들이 내가 "봐서."라고 대답한 것에 재차 답을 구할 때가 있다. 그게 거절이라는 것을 몰랐던 것이다.

충청도 사람을 공연에 초대할 때도 마찬가지다. 공연을 보러 오라고 했을 때 "봐서 갈게."라고 말하면 대부분 안 오는데, 그러다가도 혹시 올 수가 있다. 그래서 반가운 마음에 "왔어?" 하고 맞으면, 로비에서만 왔다 갔다 하고 있다. 이후 들어와서 공연을 보라고 하면 "나 금방 가야 되는디." 하고 끝을 맺는다. 그런데 끝까지 안 간다. 굉장히 애매하다. 잠깐이라도 보고 가라고 하면 공연장

뒤에 들어와 끝까지 공연을 다 관람하고 간다. 자신의 속마음을 말하지 않는 거다.

나는 이런 대화법도 끊임없는 즉흥연주라고 본다. 현 상황에 맞춰 계속 무언가 즉각적인 반응을 하고 있는 것이다. 정말 재즈적인 특성을 충청도 사람들은 타고난 것 같다.

개인적으로 나는 NO라는 말을 하지 못한다. 생각해 보면 지금껏 NO를 해야 했는데 하지 못해 망쳐 버린 관계들이 꽤 있다. 이런 경우다. 아티스트는 나름대로 굉장히 심사숙고한 후 기획자(나)를 찾아온다. 그들은 내게 들려주기 위해서 가져 온 자신의 음반을 만들기 위해 밤잠을 설치며 열과 성을 다했을 것이다.

그러나 기획자에게 그것은 'one of them'에 지나지 않는 경우가 많다. 당연히 대부분의 아티스트들은 자신의 음반에 온 힘을 쏟지만 그 모든 음반이 기획자의 마음에 들리는 만무하다.

그럼에도 불구하고 나는 거절하지 못하고 긍정적인 이야기로 마무리한다. 그런 애매모호함이 나중에 가서는 분란의 소지가 되기도 한다. 고치려고 무던히 애를 쓰고 있는 부분인데, 태생이 그런지 잘 고쳐지지 않는다. 기획자의 성향 중에 직접적으로 NO라고 답할 수 있는 것도 굉장히 중요한 것 같다. 그래서 나는 자주 "No, No."를 연습한다. 물론 여전히 입 밖으로 내뱉는 건 서툴다.

내가 유일하게 NO라고 말할 때는 스태프들과 식사 메뉴를 고를 때다. 나는 기본적으로 "아무거나 먹자."라는 말을 하지 않는다. 그때는 정확하게 말한다.

불분명한 커뮤니케이션 때문에 곤란한 경우를 종종 겪기도 하지만 그것 때문에 일희일비하지는 않는다. 많은 경험을 통해 만들어진 성격일 수도 있다. 예를 들어 스태프들한테 "큰일 났어요, 대표님."이라는 말을 절대 하지 못하게 한다. 당황해서 전화로 다짜고짜 큰일 났다고 말해도 대부분의 경우가 처리할 수 있는 일이기 때문이다. 이것과 관련해서 〈자라섬국제재즈페스티벌〉 1회 때 재미있는 일화가 한 가지 있다. 엄청나게 비가 퍼붓는 와중에 우리는 상황을 수습하느라 정신없이 뛰어다니고 있었다. 그러니까 바로 그 '큰일'이 난 상황이었다. 그런데 그때 한 스태프가 나한테 전화를 해서 이렇게 말했다.

"큰일 났어요, 대표님! 화장실에 휴지가 떨어졌어요!"

페스티벌을 취소해야 하는 상황이 벌어지고 있는 순간에 정말 말도 안 되는 보고를 하는 것이었다. 이렇게 큰일 났다는 말을 입에 달고 사는 사람들이 있다.

어쨌든 경험이 많은 사람들에게 처리할 수 없는 일은 정말 드물다. 또 어떤 일을 지금 당장 처리한다고 해서 더 좋은 결과를 내는 것도 아니다. 특히 나처럼 현장성이 강한 일을 하는 사람들에게는 시간을 가지고 천천히 해 나가는 것이 오히려 나을 수도 있다. 물론 바로 처리해야 할 일들도 있지만, 보통은 준비하는 과정에서 너무 많은 변수가 생기기 때문이다.

"아, 나 너무 느긋하지.
오늘 안 죽으면 내일 죽겠지, 뭐."

여러 가지 실수와 실패를 거듭하며 알게 된 나의 성품 중 하나는 두려움이 별로 없다는 것이다. 새로운 일을 시작할 때도 진짜 거의 두려움이 없다. 하고 싶은 일이 있으면 어떻게 해서든 한다. 일단 일을 저지르고 보는 것이다. 스태프들과 상의하는 일은 이후에 해도 늦지 않다는 생각도 있다. 물론 나 혼자만의 생각이지만.

가평에서 3년 동안 과수원을 한 적이 있다. 그냥 갑자기 '아, 이거 하고 싶다'라는 생각에서 벌인 일이다. 가끔 이런 즉흥적인 내 생각 때문에 스태프들이 고생하는 경우가 생긴다. 내가 하는 일은 그들도 해야 하기 때문이다.

공연 일을 오래 하다 보니 너무 앉아서 잔머리만 굴리는 것 같아서 몸으로 하는 걸 좀 해 보고 싶다는 생각이 들었다. 하지만 나 나름대로 속으로 혼자만 생각한 바가 있었다. 그래서 과수원을 임대해 무작정 사과 농사를 시작하게 되었다.

과수원에서 정말 열심히 일했다. 농약도 열심히 치고. 그런데 3천 평이나 되는 과수원을 혼자 꾸린다는 게 생각했던 만큼 쉬운 일이 아니었다. 그래서 나중에는 가평에 있는 군부대에서 대민 지원도 받고, 학생들을 불러서 농장 일을 함께한 뒤 양껏 사과를 따 가게 하기도 했다. 좋은 의미로 농장 체험을 시켰다. 그렇게 얻게 된 사과를 주변 사람들에게 나눠 주기도 하고, 일부는 팔기도 했다.

그런데 문득 "아, 정말 내가 사과한테 못할 짓을 하는구나."라는 생각이 들었다. 사과는 원래 농약을 1년에 10회 이상은 쳐야 하는 과일이다. 최근 무농약 사과라는 것이 보이기도 하는데, 그렇게 재배하기 위해서는 엄청난 준비 기간과 노력, 그리고 기술이 필요하다. 아무런 준비도 없이 무턱대고 사과 과수원을 시작했으니, 내 뜻과는 달리 사과나무들은 해를 거듭하면서 하루가 다르게 힘들어하는 모습들이 보였다. 제대로 관리하지 못했더니 자연스럽게 저농약 사과가 열리게 되었다. 맛은 정말 기가 막히게 좋았는데 크기가 너무 작아 아무런 상품성은 없었다. 그래서 결국 대부분을 내다 팔지 못하고, 주변 사람들과 나눠 먹었다. 뭐, 그래도 스트레스는 받지 않았다.

처음 계획은 맛있는 자라섬 '재즈사과'를 만드는 것이었다. 축제를 이용한 브랜드 상품을 실천적으로 하나 만들어 보고 싶었던 것이다. 정말 순진하기 이를 데 없는 대책 없는 즉흥성의 극치였다.

그러나 스태프들과 달려들어 과수원을 관리하던 시간들이 아주 무의미했던 것은 아니다. 예고된 실패였지만 난 그렇게라도 시도해 보고 싶었다. 한 가지 후회되는 것은 그때 나의 실험적인 생각을 나의 스태프들과 충분히 공유하지 못한 것이다. 나를 따라서 전혀 해 보지도 않은 과수원 일을 도우면서 얼마나 힘들었을까. 싫다는 말도 못하고 말이다.

"애들아, 미안하다…."

위. 타니아 마리아Tania Maria
아래. 마들렌느 페이루Madeleine Peyroux
오른쪽. 다니엘 휴메어Daniel Humair

아래. 스탠리 조던Stanley Jordan

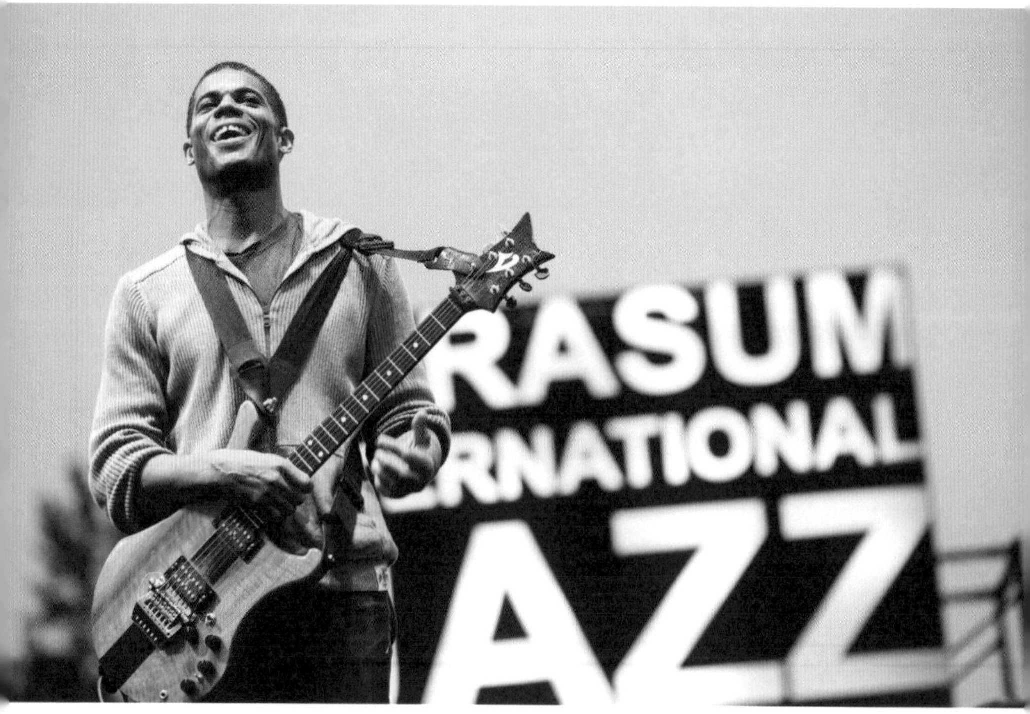

SCENE 3
와글와글

인재진 대표님께서 말씀하셨다.

"서울 인근에 아름다운 섬이 있어."

우리는 대표님과 지금의 자라섬으로 향했다. 그런데 눈에 들어온 것은 잡초와
산, 강밖에 없었다. 그래서 대표님께 다시 물었다.

"어디에 섬이 있나요? 하늘은 참 예쁘네요."

우리는 인재진 대표님이 황무지를 개간해 재즈 페스티벌을 올릴 것이라고는 정
말 꿈에도 생각지 못했다. 그런데 정말 해내셨다. 그리고 다 같이 이루어 낸 일
이라며 오히려 스태프들에게 성공을 나누어 주셨다.

아 티 스 트

한 인터뷰를 통해 강태환 선생이 나를 이렇게 평했다.

"인재진은 굉장히 어려운 가운데
소극장을 운영해서
좋은 연주자를 초청하는 일에
의욕을 보였다.
그는 자비를 들여서
외국 페스티벌도 많이 보고 왔다.
재즈 음악에 헌신하는
이 젊은이를 고맙게 생각한다."

일반 사람들은 잘 모르지만 음악을 하는 사람들 사이에서는 최고의 연주자로 꼽히는 분이 있다. 바로 강태환 선생이다. 세계 최고 수준의 프리재즈를 구현하는 색소포니스트로 음악적 구도자의 삶을 살고 계신 분이다.

일본, 유럽 등지에서 여러 아티스트들과의 협연을 통해 이름을 알리기 시작한 강태환 선생은 독일에서 가장 권위 있다고 정평이 난 페스티벌 무대에 올라 일본 아티스트와의 협연으로 많은 관객들로부터 기립박수를 받기도 했다. 어떤 장르에도 구애받지 않는 자유로운 연주로 해외 팬이 더 많은 강태환 선생에 대한 평가는 대단했다.

내가 강태환 선생을 만난 건 기획자로서 일을 시작할 때였다. 내 입으로 말하기는 좀 민망하지만 지금의 특별한 위치에 오르기까지 그분의 영향이 컸다. 기획을 하는 사람이 단순하게 재즈를 무대에 올린다고 해서 다 재즈 기획자가 되는 것은 아니다. 문제는 재즈라는 음악이 가지고 있는 특별한 정서를 체험적으로 아는 것이다. 내게 예술적인 안목에 대해 빠른 시간 내에 확신을 갖게 해 준 분이 강태환 선생이었다. 아마 그분을 만나지 않았다면 이 안목을 세우는 데 꽤 오랜 시간이 걸렸을 것이다.

1995년쯤 강태환 선생을 처음 만나 공연을 같이 하게 되었다. 아티스트로서 굉장히 치열하게 자신의 예술세계를 만들어 가는 연주자였다. 그리고 순수한 예술가로서 나에게 큰 영감을 주었다.

음악이든 미술이든 모든 예술가에게는 삶에 한 번쯤 선택을 해야 하는 순간이 찾아오는 것 같다. 대중적인 아티스트가 될 것인지, 아니면 대중적이지 않아도 자신만의 예술세계를 완성하기 위해 고독한 길을 갈 것인지 결정해야 하는 순간 말이다. 그런데 강태환 선생은 후자를 택한 예술가였다. 서고 싶지 않은 무대는 오르지 않았고, 차라리 그 시간에 연습을 더 하고 자신의 음악에 집중한다는 기본적인 생각을 지니고 계셨다.

이러한 갈림길에서 자신만의 예술세계를 갖춘 아티스트가 되기를 희망하고 오롯이 자신의 예술 활동을 통해 생계를 유지할 수 있다면 그것보다 행복한 일은 없을 것이다.

내가 기획을 처음 할 당시만 해도 공연 기획자의 길은 평탄치 않았다. 물론 지금도 마찬가지다. 아티스트와 마찬가지로 기획자도 자신이 원치 않는 상업적인 일을 하게 되는 순간과 마주하게 된다. 그러나 기획자라면 자신의 소신을 멀리한 채 돈을 좇는 상업성과는 일정 부분 거리를 둬야 한다는 생각을 갖게 되었다. 청년 기획자로서 비대중적인 일을 하고 있었지만 기본적인 프로듀서로서의 자세와 순수 예술을 바라보는 시각을 기르는 과정이었던 것 같다.

생각해 보면 내가 기획자로서 실험적이고 전위적인 것들에 관심을 갖고 많은 공연들을 무대에 올렸던 것은 1990년대나 2000년대 초반 정도였던 것으로 기억한다. 그리고 실제로 소극장이나 중극장 규모에서 이뤄지는 이러한 무대에 동참하는 관객들이 꽤 있었다. 그런데 지금은 돈이 안 되는 순수 예술에 대한 기획자들의 관심이 전보다 덜해진 것 같아 안타깝다.

아티스트가 자신의 음악으로 말하듯이 기획자는 자기가 무대에 올리는 작품으로 말해야 한다. 그 결과물이 자신의 생각과 안목을 말해 주기 때문이다. 예술적 가치가 있고, 무대에 올렸을 때 성취감이 높은 공연은 그것이 실제 많은 사람들에게 알려지지 않았다 할지라도 한 기획자를 평가하는 커다란 기준이 되기도 한다.

모든 아티스트에게 해당되는 말은 아니겠지만 그들은 존경받을 필요가 있다. 나는 정말 치열한 예술혼을 불태워 자신의 것을 완성하는 아티스트들은 존중받아야 하고, 기획자는 항상 그들과 가깝고 친하게 지내야 한다고 생각한다.

예술가는 가장 창조적인 생각을 하며 사는 사람들이다. 그 사람들로부터 원천적인 아이디어를 얻을 수 있는 사람들이 기획자고, 또한 기획자의 아이디어를 그들을 통해서 구현할 수 있다고 생각한다. 그것은 모든 예술이 마찬가지다.

하지만 이렇게 창조적이고 뛰어난 아티스트들이 현실적, 경제적 장벽에 가로막혀 자신의 작품 세계를 완성치 못하고, 더 나아가 가장 기초적인 생활조차 영위치 못하는 불행한 경우를 우리는 동서양을 막론하고 너무나도 많이 봐 왔다. 이제는 불행한 삶을 마치고 남긴 몇몇 유작들에 최고의 경의를 표하며 호들갑을 떨기보다는 그가 살아 있을 때 걸작을 함께 나눌 수 있는 제도적 뒷받

침을 기대해도 좋을 정도의 세상에 우리는 살고 있지 않은가?

그런 면에서 우리나라와는 다르게 해외의 문화 강국들이 아티스트를 위한 복지 정책을 펴고 있는 것은 시사하는 바가 매우 크다.

프랑스에는 엥테르미탕Intermittent du Spectacle 제도가 있다. 이 제도는 공연, 영상 분야의 비정규직 예술인들을 위한 실업급여제도다. 영화나 방송, 음악이나 공연 등의 분야에서 계약직으로 일정 기간 공연하는 근로자, 기술직, 배우, 아티스트 등을 대상으로 하고 있다. 10개월 중 최소 507시간을 근무하면 최장 8개월간 최소 약 4만 원 정도를 매일 받을 수 있다.

또한 독일에서는 예술가들을 위한 사회보험제도KSK Kunstlersoziakasse를 운영하고 있으며, 룩셈부르크도 문화사회기금에서 예술인최저생활보장 기금을 충당하고 있다.

네덜란드의 예술인 최저생활보장제도Artists Work and Income Scheme Act는 불충분한 소득을 얻는 예술인들의 생존을 보장할 수 있도록 10년의 기간 동안 최대 4년간 보충 소득을 얻을 수 있는 기회를 부여한다. 예술 활동을 지원하는 것이므로 매해 소득의 증가를 증명해야 하지만 최저 생계를 유지할 수 있는, 즉 예술가로서 창작 활동과 문화 활동을 할 수 있도록 창작기금을 지급하고 있다. 예술가들은 비정규직이지만, 그만큼 가치 있는 일을 하고 있다고 평가하는 것이다.

이들이 문화 강국이라고 평가받는 것은 바로 이러한 마음의 양식을 위해 일하고 있는 예술가들을 인정해 주는 것에서 시작된다.

더 이상 신문이나 방송 뉴스를 통해서 아티스트의 삶과 관련된 우울한 소식이 들려오지 않길 바란다.

"예술가, 그들은 영원불멸의 존재다."

굽고 두드리고   즐기다

한 해 페스티벌 무대에 몇 팀 정도를 올릴지는 수치상으로 정해 놓을 수 없다. 자라섬 페스티벌은 각각의 다른 테마를 가진 10여 개의 무대가 있는데, 우리는 그 테마에 맞춰 하루에 4~5개 팀의 공연을 올린다. 이때 공연 배치가 매우 중요하다. 무대에 오를 순서를 정할 때는 단순히 아티스트들을 툭툭 잘라 넣는 것이 아니라 시간과 환경을 많이 고려한다.

〈자라섬국제재즈페스티벌〉이 열리는 10월 초가 되면 저녁 6시쯤 해가 진다. 그때 서쪽으로 멋진 노을이 지는데 그 배경과 어울리는 아티스트와 음악을 무대에 올려야 하는 것이다. 사랑하는 사람과 친구, 가족과 공감할 수 있는 음악으로 말이다. 마치 그 순간이 영원히 멈춰도 좋을 것 같은 느낌이 들 정도로 멋진 장면을 연출해야 한다. 아니면 10년이 지나도 그때의 선명한 기억이 머릿속에 남아 있어서 그날을 떠올리며 미소 지을 수 있도록 추억을 만들어 줘야 한다. 음악은 언제 어디에서 누구와 듣는지에 따라 같은 음악이라도 완전히 다른 느낌을 받을 수 있기 때문이다.

〈자라섬국제재즈페스티벌〉에서는 다양한 아티스트들이 참여할 수 있도록 여러 가지 무대를 마련한다. 프로가 아니더라도, 재즈가 아니더라도 자기 음악을 연주할 기회를 제공하는 열린 공간들이다.

예를 들어 아마추어나 세미프로처럼 젊은 연주자들을 위한 오프 밴드 개념의 오프 스테이지가 마련되고, 거리 공연처럼 이동식 밴드를 모집해 사람들이 많이 모여 있는 곳에서 공연할 수 있는 장소를 제공한다. 가평 시내 전체가 아티스트들을 위한 무대가 되는 것이다. 오프 밴드의 경우에는 한 해 50개 팀 이상의 공연 밴드들이 참여할 정도로 큰 규모다.

젊은 아티스트들을 격려하기 위한 콩쿨도 개최하고 있는데, 이름 하여 '재즈콩쿨'이다. 이 대회에서 1등을 하면 다음 해 〈자라섬국재제즈페스티벌〉 메인 스테이지에서 오프닝 무대를 장식할 수 있는 기회가 주어진다. 무척 영광스러운 무대에 서게 되는 것이다. 거기에 더해 아티스트에게는 큰 도움이 될 1천만 원이라는 상금도 전달한다.

우리가 젊은 아티스트들을 위해 만든 또 하나의 프로그램은 바로 '크리에이티브뮤직캠프'다. 뮤직캠프는 재즈뿐만 아니라 국악,

비디오아트 등 다른 장르의 아티스트들을 만나서 교류할 수 있고, 그해 〈자라섬국제재즈페스티벌〉에 참가하는 해외 유명 아티스트에게 직접 레슨을 받을 수 있는 기회도 제공한다. 이 모든 참가는 무료로 진행된다. 아, 자라섬에는 좋은 프로그램들이 정말 많다.

약 4일간 진행되는 뮤직캠프는 페스티벌 때 직접 무대에 올라 결과를 발표하는 자리도 주어지기 때문에, 뮤직캠프에 멘토로 참가하는 해외 유명 아티스트는 2, 3일 정도 미리 와서 캠프생들과 함께 생활한다. 캠프에 참가한 젊은 연주자들과 미리 연습을 통해 훌륭한 무대를 만들기 위함이다.

재즈 아티스트들은 보통 이런 캠프에 참가해 젊은 연주자들과 소통하는 것을 무척 좋아하기 때문에 2, 3일 정도 미리 오는 것이 크게 문제되는 일은 아니다.

늘 생각하는 것이지만 페스티벌을 만들기에 가장 적당한 장르는 재즈다. 재즈 아티스트들은 상업적이지 않고, 우정을 중요시하며, 항상 상대방을 배려하고자 노력하기 때문이다. 실제로 전 세계의 음악 축제 중 가장 많은 것이 재즈 페스티벌이다.

'찾아가는 자라섬 재즈'라는 타이틀로 다른 지역에 가서 공연도 하고 있다. 가평 지역 곳곳에는 음악하는 사람들이 꽤 많다. 성인 밴드를 비롯해 주변 초등학교에도 꼬마 오케스트라나 리코더 합주단이나 드럼클럽 등 다양한 음악을 하는 모임들이 있다. 이 모든 사람을 끌어내 연주를 할 수 있는 무대를 마련해 준다. 가평 군내

—

자라섬, 그곳에는

우리를 서로 알아 가는 시간이 있다.

에서 음악 활동을 하는 아이들, 청소년들 그리고 아저씨, 아주머니들까지 무대에서 연주할 기회를 주는 것이다.

자라섬재즈센터는 청소년 교육을 통해 주민들과의 관계를 돈독히 하고자 노력한다. 가평에서 자란 학생들 중에서 음악 대학에 진학한 학생에게는 올해부터 장학금을 지급할 예정이다. 음악 대학에 진학하는 학생들이 해마다 늘어나는 데는 일정 부분 페스티벌과 자라섬재즈센터의 영향도 있을 것이다.

2013년에는 게임회사 넥슨으로부터 가평 지역 7개 초중학교 음악부에 협찬을 유치하여, 그 학생들이 페스티벌 웰컴 포스트에서 공연을 하기도 했다. 자라섬재즈센터는 축제의 활성화뿐 아니라 지역 발전을 위해 지역 단체간에도 서로 소통하도록 연결 고리를 만들어 주는 일에도 앞장서려고 노력한다. 서로 시너지를 낼 수 있는 일을 도모하고자 하는 것이다.

그런 노력 중 하나로 한국문화예술교육진흥원에서 기금을 받아 경기 북부 지역에 있는 불우 청소년들에게 리듬 교육을 해 준 적이 있다. 공연 무대를 통해 이루어진 것은 아니고 '해피 비트'라는 타악 퍼레이드를 통해서였다. 페스티벌 입장 전에는 관객들이 길게 줄을 서 있는데, 150여 명의 아이들이 입구부터 출구까지 관객을 역으로 맞으며 환영 퍼레이드를 한 것이다. 아이들은 꽤 오랜 기간 동안 그것도 무척 진지하게 연습에 임했고, 즐거워했다.

별것 아닌 것 같지만 나는 이런 장면을 볼 때마다 눈시울이 뜨거워진다. 진흥원으로부터 지원이 끊겨 1회로 마감했지만, 이런 사업들은 지속적으로 이루어져야 한다. 무척 섭섭한 일이다.

자라섬에서 새로운 페스티벌 브랜드를 하나 만들었다. 〈자라섬 R&B 페스티벌〉이라고 해서 'Jarasum Rhythm & Barbecue Festival'의 약자다. 이름도 잘 지었다고 생각한다.

우리나라 음악 축제 시장에서 장르를 표방하는 축제들은 이제 거의 포화상태라고 생각한다. 클래식 페스티벌, 록 페스티벌, 재즈 페스티벌, 월드뮤직 페스티벌, 일렉트로닉 페스티벌 등 더 이상 이외의 어떤 장르로 축제를 구분하는 것은 무리라고 생각한다. 그런 면에서 보면 이제 생길 것들은 독특한 테마나 주제, 기획이 가미되어야 하는 게 아닐까? 그래서 〈자라섬 R&B 페스티벌〉 같이 슬쩍 한 번 꺾어서 만들어 주는 축제를 시작한 것이다. 이러한 아이템은 조금 더 개발의 여지가 있다. 물론 성공하기 위해서는 기획을 잘해야 한다.

이 페스티벌은 아주 단순한 발상에서 시작했다. 4년 전 겨울, 구제역이 매우 심했을 때다. 당시 힘든 축산인의 마음을 우리가 매일 생각하는 '축제'라는 개념으로 위로할 방법은 없을까, 하는 생각에서 출발했다. 한우, 한돈을 많이 소비할 수 있으면서 축제와 연계되면 재미있겠다는 생각에서 고민 끝에 만들어 낸 것이다.

자라섬에서 이 페스티벌이 자리를 잡으면 축산물을 생산하는 전국의 지방자치단체별로 프렌차이즈화하여 예를 들면 〈횡성 R&B 페스티벌〉, 〈홍성 R&B 페스티벌〉 등 지역마다 페스티벌을 열 수 있지 않을까. 전국적으로 고기나 해산물 등 구울 수 있는 것을 생산하는 곳은 많기 때문에, 굽고 두드리고 재미있게 놀자는 취지에서 말이다. 어쩌면 〈자라섬 R&B 페스티벌〉의 모토처럼 이 모든 일은 사람과 사람이 만나 굽고 두드리고 즐기다 보면 자연적으로 이루어지지 않을까.

재즈　막걸리

　가평에서 '재즈'라는 말을 그리 어렵지 않게 들을 수 있게 되었다. 당연히 〈자라섬국제재즈페스티벌〉 덕분이라고 생각한다. 나는 항상 지역과 축제가 긴밀하게 연계된 여러 가지 사업을 구상하려고 하는데, 이것은 페스티벌을 통한 지역 경제 활성화 사업과도 밀접한 관련이 있을 뿐 아니라, 페스티벌 브랜드의 이차적 활용이라는 면에서도 상당히 큰 의미를 가진다. 또한 우리나라에서 여전히 개발의 여지를 남겨 두고 있는 분야다.

　무형의 브랜드 가치는 활용 여부에 따라 엄청난 결과를 가져올 수 있다는 것을 이제는 모두가 잘 알고 있다. 브랜드 이미지가 확고하게 구축된 페스티벌이 그리 많지 않기 때문에 축제가 자리잡아 갈수록 더욱더 이러한 부분에 관심을 쏟아야 한다.

몇 해 전부터 꾸준히 시도해 온 프로젝트가 있다. 재즈 막걸리를 만드는 일이다. 와인은 재즈와 잘 어울린다는 이미지를 풍기지만, 막걸리는 고개를 갸우뚱하게 만든다. 그러나 한국형 축제의 전형을 꿈꾸는 나에게는 재즈 막걸리라고 해서 못 만들 이유는 없었다.

가평은 잣으로 만든 잣 막걸리가 꽤 유명하다. 어디에 내놔도 손색이 없는 가평의 자랑거리 중 하나다. 여전히 지역에는 막걸리를 선호하는 사람들이 많은 것에서 착안해 나는 재즈 막걸리를 만들기로 결심했다.

가평 관내에 있는 대규모 막걸리 공장에 찾아가 사장과 허심탄회하게 나의 계획을 이야기했다. 막걸리 공장 사장은 지역에서 이뤄지고 있는 축제에 도움이 될 수 있다면 적극 돕겠다고 말하며, 어쩌면 재미있는 브랜드를 하나 만들 수도 있겠다고 흔쾌히 허락했다.

곧바로 작업에 들어갔다. 막걸리 공장은 전국 유통망을 갖추고 있어서 이를 통해 우리는 페스티벌 홍보를 덤으로 기대할 수 있었다. 무척 즐거운 일을 시작하게 된 것이다. 독창적인 일을 기획할 때는 그 일과 관계된 모든 사람들이 즐겁지 않으면 잘된 기획이라 볼 수 없다. 그간 여러 차례 축제 기획을 하면서 얻은 경험에만 비춰 봐도 그중 어느 한 사람이라도 자신이 손해나 피해를 본다고 생각하면 프로젝트는 좋은 방향으로 흘러가고 있다고 보기 어렵다. 그런 면에서 '재즈 막걸리 프로젝트'는 그 출발이 나쁘지 않았다.

문제는 스토리 개발이었다. 요즘은 스토리가 없으면 껌 한 통도 제대로 팔 수 없는 세상이 되어 버린 듯하다. 모두 스토리텔링의 중요성을 강조하기에 우리도 전략적으로 재즈 막걸리에 어울리는 스토리를 개발해야만 했다.

그래서 몇 가지 재미있는 요소를 첨가했는데, 우선 막걸리 병에 그해 우리가 사용하는 페스티벌의 메인 포스터 이미지를 사용한 자라섬 페스티벌 라벨을 붙이는 것과 재즈 막걸리를 페스티벌 시작 100일 전에 출시하여 마치 와인 판매 개시 날 축제를 여는 프랑스의 보졸레 누보Beaujolais Nouveau를 연상케 하자는 것이었다. 그리고 막걸리 공장 사장이 낸 황당한 아이디어도 있었다. 막걸리가 숙성되는 일주일간 〈자라섬국제재즈페스티벌〉에 출연 예정인 재즈 아티스트의 음악을 막걸리에게 들려주자는 것이었다. 생각해 보니 안 될 이유도 없었다. 숙성 중인 막걸리에 재즈를 들려주는 것이 비용이 드는 일도 아니었다.

나는 그해 출연하는 재즈 아티스트들의 음악이 담긴 CD를 막걸리 공장에 보냈다. 그리고 그날, 난데없이 막걸리 공장에서 하루 종일 재즈 음악이 울려 퍼지는 진풍경이 연출되었다.

존 스코필드John Scofield의 기타연주를 듣고 숙성된 막걸리, 압둘라 이브라힘Abdullah Ibrahim의 피아노 연주곡을 듣고 숙성된 막걸리, 스티브 갯Steve Gadd의 드럼연주를 듣고 숙성된 막걸리 등등. 재미있는 아이디어였다. 재즈 음악이 막걸리 맛에 얼마나 영향을 주었는지는 모를 일이다. 그런데 술을 잘 못 마시는 내가 마셔 봐도 맛이 그럴듯했다. 뭔가 재즈의 향취가 느껴지는 듯했다.

해마다 막걸리의 주재료를 바꿔 새로운 맛의 상품을 개발하자는 의견도 나왔다. 막걸리 전문가인 사장은 제조와 관련된 다양한 아이디어를 신이 나서 내놓았다. 막걸리 공장 사장의 적극적인 지원은 기획을 하는 우리에게 큰 에너지가 되었다.

처음 페스티벌의 포스터가 새겨진 재즈 막걸리를 받고 웃음이 절로 나왔다. 이 재즈 막걸리는 그해 〈자라섬국제재즈페스티벌〉에서 가장 인기 있는 상품 중 하나가 되었다. 재즈를 듣고 숙성된 막걸리라니…. 사람들은 굉장히 재미있어 했다. 우리는 이런 세상에서 살고 있다. 재즈 막걸리를 기다리는 세상 말이다.

재즈 와인, 이름 하여 　뱅쇼

　자라섬 축제가 10주년을 맞이하며 특별히 출시한 상품이 있다. 일반인들에게는 조금 생소할 수도 있는 이른바 '자라섬 뱅쇼Jarasum Vin Chaud'다. 뱅쇼는 와인을 끓여서 가공한 음료인데, 이름만큼이나 뜨거운 와인이라는 점도 생소할 것이다. 쉽게 말하면 전주에서 즐겨 마시는 모주와 같은 것인데, 그 주원료가 와인이라는 것이 다를 뿐이다.

　뱅쇼를 만들게 된 데는 특별한 이유가 있다. 자라섬 재즈 막걸리가 좋은 반응을 얻으며, 가평군 포도주 영농조합으로부터 뜻하지 않은 제안을 받게 되었다. 영농조합은 그동안 열심히 와인을 개발했고, 이제 어느 정도 완성 단계에 이르렀다며 페스티벌을 통해 판매할 수 있는지 여부를 물어 왔다. 나는 그전까지만 해도 가평에서 와인을 만들고 있다는 사실을 몰랐다.

가평에서는 당도 높은 포도가 생산된다. 과일은 대체로 일교차가 큰 지역에서 생산될 때 당도가 높아지는 경향이 있는데, 비교적 북쪽에 위치해 있고, 산이 많은 가평은 당도가 높은 과일을 생산할 수 있는 지역이다. 특히 덩굴성인 포도를 재배할 때 터널식으로 비닐을 씌어 비 피해와 충해를 방지하는 비가림 재배 방식을 택해 더욱 당도가 높기로 유명하다.

와인을 만드는 일은 그리 쉽지 않았다. 우리가 흔히 마시는 와인은 양조용 포도를 가지고 만드는 술이지만, 가평에서 생산되는 포도는 양조용이 아닌 우리 주변에서 쉽게 볼 수 있는 식용포도다. 요즘은 비교적 값도 저렴하고 맛도 좋은 수입 와인들이 얼마나 많은가. 이런 수입 와인들 사이에서 가평에서 개발한 식용포도 와인이 경쟁력을 갖추기란 정말 쉬운 일이 아니라는 생각이 들었다. 그것도 유통과 제조에 대한 전문적인 노하우가 부족한 상황에서 말이다.

가평에서 이런 와인을 개발할 수밖에 없었던 이유가 있었겠지만, 지역 발전을 위해 무모한 시도라도 해야 하는 우리 농촌의 현실을 상징적으로 보여 주는 것 같아 마음이 편치 않았다. 나는 우리를 기다리고 있던 가평 와인을 외면할 수 없었다. 페스티벌을 통해 지역에 조금이라도 보탬이 될 수 있다면 무슨 일이든 할 각오가 되어 있었기에 나는 어떤 시도라도 해 볼 요량이었다.

페스티벌 현장에서 와인을 팔 수 있는 방법을 강구했다. 재즈

자라섬과 우리는 공생 중이다.

막걸리처럼 페스티벌의 삽화 이미지를 사용해 상표를 붙였다. 그리고 보통 와인 병보다는 약간 작은 것을 사용하도록 권했다. 공연장에 판매 부스를 설치해 가급적 많은 양을 팔 수 있도록 여러 가지 아이디어를 제공했다.

영농조합 사람들은 관객들에게 직접 와인을 판매하는 것을 쑥스러워했다. 그런데 점차 시간이 지나며 적극적으로 와인을 홍보하기 시작했다. 수레를 이용해서 관객들이 있는 곳으로 이동해 와인을 팔았다. 그렇게 와인을 판매한 첫해에만 수천 병을 판매하는 성과를 냈다.

와인 개발 초기 단계여서 여러 가지 소소한 문제가 발생하기도 했다. 페스티벌에 찾아온 나의 지인들이 가평 와인을 마신 뒤 웃으며 말했다.

"와인이 병마다 조금씩 맛이 다르네."

오크통마다 숙성 정도가 약간씩 차이가 났던 것이다.

물론 지금은 모든 와인이 균일한 맛을 내고 있으며, 깜짝 놀랄 정도로 품질도 개선되어 가평 와인만의 독창적인 풍미를 느낄 수 있다. 매년 자라섬에서 만날 수 있는 아주 특별한 와인이 탄생한 것이다.

이후 우리는 축제 상품을 다양화하자는 취지하에 가평 와인을 재료로 뱅쇼를 만들게 되었다. 절기상 조금은 춥게 느껴지는 10월, 자라섬 페스티벌이 열린다. 강가에서 이뤄지는 공연이라 밤이 되면 사람들이 추위를 많이 느낀다. 그래서 한 번이라도 자라섬에 방문한 적이 있는 관객들은 이듬해에는 겨울 파카를 비롯해 각종 방한 준비를 철저히 해 온다. 우리는 자라섬을 방문하는 관객들을 위해 따뜻한 와인인 뱅쇼를 만들자는 아이디어를 모았다.

뱅쇼를 만들기 위해 프랑스에서 전문 셰프를 초청했다. 가평군 농업기술센터 실험실에서 2박 3일 동안 프랑스 셰프는 다양한 방법으로 뱅쇼를 만들기 시작했다. 그도 처음 맛보는 가평 와인을 원료로 뱅쇼를 만들기는 쉽지 않았을 것이다.

뱅쇼를 만드는 방법은 단순히 포털사이트에서 검색해도 금방 찾아낼 수 있지만, 우리는 스토리가 필요했고, 개발 과정이 중요했으며, 무엇보다 독창적인 무언가를 만들며 느끼는 즐거움이 중요했다.

섬세한 작업이 시작되었다. 재료의 양을 달리하면서 수십 번 시도한 후 최종 완제품을 만들어 냈다. 프랑스 셰프에게도 특별한 경험이었기에 무척 흥미진진해 했고, 자신이 만든 뱅쇼에 만족스러워했다. 가평 와인이 프랑스 셰프의 손을 거쳐 가평군 농업기술센터 실험실에서 세상에서 하나밖에 없는 '자라섬 뱅쇼'로 재탄생한 위대한 순간이었다.

그런데 잘 안 팔린다. 자라섬 페스티벌 10주년을 맞아 뱅쇼 수천 팩을 야심차게 내놓았다. 그런데 생각보다 많이 안 팔린 것이다. 해마다 그렇게 춥던 자라섬의 밤이 10주년을 축하해 준 것인지 무척 포근했다. 물론 따뜻한 날씨 덕분에 많은 관객들이 더욱 행복한 시간을 보낼 수 있었으니 그것으로 감사한다. 언제나 그렇듯 우리는 새로운 시도를 했다는 것에 큰 의미를 부여한다.

지금도 자라섬재즈센터에는 많은 양의 뱅쇼가 남아 있다. 그리고 나를 비롯해 우리 스태프들은 뱅쇼를 장기 복용 중이다.

전 국~ 노래자랑

일요일 낮 12시, 〈KBS 뉴스〉가 끝나면 내가 가장 즐겨 보는 프로그램이 시작된다. 바로 1980년대부터 방영된 국내 최장 프로그램인 〈전국노래자랑〉이다.

나는 〈전국노래자랑〉을 거의 방영 초창기 때부터 꾸준히 시청한 것 같다. 초등학교 때 서울로 유학을 와 외갓집에서 학교를 다녔는데, 외할머니께서 즐겨 보시던 프로그램이어서 자연스럽게 동참하게 되었다.

송해 아저씨의 변치 않는 오프닝 멘트 "전국~ 노래~ 자랑~"과 함께 나오는 그 "빰빠빠~" 하는 주제가는 내게 가장 친숙한 음악이기도 했다. 송해 아저씨의 구수한 입담도 재미있었지만, 각 지역의 특산물 소개와 함께 무엇보다도 지역 주민들이 무대의 주인

공이 되어 노래하며 즐거워하는 모습에서 친근한 내 이웃을 보는 것 같아 더욱 애정이 갔던 프로그램이었다.

그런데 음악 비즈니스에 종사하게 되면서 전에는 아무 생각 없이 즐겁게 보던 〈전국노래자랑〉을 조금 다른 시각으로 보게 되었다. 말하자면 분석을 하면서 보게 된 것이다. 사람들이 어떤 노래를 주로 부르는지, 또 그것이 지역이나 연령에 따라 어떤 차이가 있는지 등 말이다.

그러던 어느 날 문득, 출연자들의 선곡에 큰 변화가 생긴 것을 알게 되었다. 그것은 우리 전통음악인 국악으로 무대에 서는 출연자가 사라졌다는 것이다. 예전에는 무대 위에 민속 악단과 밴드가 함께 있어 출연자의 선곡에 따라 번갈아 노래 반주를 해 주었는데, 어느 날부터인가 민속 악단은 사라지고 밴드가 국악 반주까지 하기 시작했다. 아마 국악을 선곡하는 출연자가 많지 않다 보니 제작비 절감 차원에서 민속 악단을 없앤 것 같았다. 예전에는 최소 서너 명이 창부타령이나 새타령, 아니면 판소리 한 대목이라도 불렀던 것으로 기억하는데 점점 그 수가 줄더니 지금은 그런 출연자를 거의 한 명도 보기 어렵게 되었다.

불현듯 그 사실을 깨닫고 나는 깜짝 놀랐다. 설마 프로그램 제작진이 창부타령을 부르려는 출연자를 거부하지는 않았을 터이니, 국악 곡을 선곡하는 출연자가 한 명도 없다는 것이고, 그것은 그만큼 국악이 우리 일상에서 유리되어 가고 있다는 것을 보여 준다는 생각에 다다랐다.

음악 공연 일을 하면서 정부에서 얼마나 많은 예산을 투입하여 국악을 보전하고 발전시키려고 애쓰는지 알게 되었다. 국악과 멀어진 사람들의 관심을 돌리기 위해서 점점 더 많은 예산을 쓰고 있는 것인지는 모르겠으나 참 아이러니한 일이 아닐 수 없다.

물론 〈전국노래자랑〉이 국악의 대중화를 측정하는 정확한 바로미터라고는 할 수 없다. 그래도 가끔은 〈전국노래자랑〉에서 나이든 고수의 반주에 맞춰 멋진 판소리 한 대목을 부르는 도시의 젊은 이를 볼 수 있었으면 좋겠다.

우리들의 축제

축제를 바라보는 시각은 여러 가지가 존재한다. 축제가 워낙 다양한 접점이 있는 이벤트이다 보니 단편적으로 각자의 위치에서 할 수 있고, 볼 수 있는 부분만을 두고 이야기하는 경우가 있다. 그중에 대표적인 것이 지역과의 상생, 지역 경제 활성화, 또는 지역 주민 참여를 통한 화합 등에 대한 기대다. 재즈처럼 친숙하지 않은 장르의 공연예술 축제를 통해 이러한 기대치를 만족시킨다는 것은 녹록한 일이 아니다. 지역의 특산물을 중심으로 이뤄지는 관광 축제라면 훨씬 용이하겠지만, 공연예술 축제를 평가할 때 관광 축제와 똑같은 잣대를 들이대는 것은 동의하기 힘든 부분이 있다. 물론 공연예술 축제라도 지역 주민으로부터 사랑받지 못한다면, 존립의 이유가 불투명하다. 그것은 〈자라섬국제재즈페스티벌〉이라고 예외는 아닐 것이다.

〈자라섬국제재즈페스티벌〉은 규모 면에서 국내에서 가장 큰 공연예술 축제이고, 아시아에서 가장 성공적인 재즈 페스티벌이라는 평가를 받고 있다. 또한 문화체육관광부로부터 '2014년 대한민국 최우수 축제'로 선정되기도 했다. 내가 이 분야의 전문가는 아니지만 〈자라섬국제재즈페스티벌〉이 갖는 경제적 브랜드 가치는 꽤 클 거라고 확신한다.

그런데 막상 가평에서는 가끔 그 성공이 빛바래 보일 때가 있다. 재즈라는 장르의 생경함 때문일 수도 있고, 지역 경제 활성화를 직접적으로 체감하고 싶은 사람들의 높은 기대치를 만족시키지 못하기 때문일 수도 있다. 물론 페스티벌이 가져오는 직접적인 경제 유발 효과도 적지 않다.

하지만 움직이는 돈은 준비되어 있는 곳에만 머물기 때문에 지역의 협조가 필요하다. 이것은 축제와 관련된 일을 하는 사람들이라면 필연적으로 대면할 수밖에 없는 영원한 숙제가 아닌가 한다. 지난 10년간 페스티벌을 통해 끊임없이 그 해법을 찾으면서 변화의 조짐을 발견하게 된 것은 무척 다행스러운 일이다.

나는 지금 가평읍 마장리에 살고 있다. 가끔 나를 찾아오는 지인들이 집을 찾지 못해 동네를 헤매다가 밭에서 김매는 동네 할머니에게 물어보면 이렇게 설명해 주신다.

"아, 그 째즈하는 사람!"

가평에서는 모두 '재즈'를 '째즈'라고 발음한다. 대한민국에서 밭 매는 70대 할머니가 '째즈'를 이야기하는 지역이 또 어디 있겠는가.

페스티벌 기간이 되면 도시에 나가 있던 자식들과 손주들이 할 머니 집으로 모여든다. 페스티벌도 보고, 온 가족이 즐거운 시간 을 보낼 수 있는 여건이 마련된 것이다. 할머니는 재즈가 뭔지는 잘 모르지만 지역에 멋진 축제가 있어서 굳이 명절이 아니더라도 가족들을 만날 수 있다는 것에 만족하신다. 이런 일들을 경제적 가치로 환산할 수 있을까?

가평 읍내에 다니다 보면 '재즈'라는 단어가 붙은 간판을 보게 된다. 재즈 버거, 재즈 컴퓨터, 재즈 헤어 등등 꽤 재미있는 변화 들을 볼 수 있다. 또한 가평 관내에는 약 30여 개의 밴드가 활동하 고 있고, 심지어는 관공서에서도 재즈 음악이 흘러나온다. 음악이 생활 속에 가깝게 자리 잡고 있다는 증거다. 이제 가평에서는 택 시를 타도 재즈 음악과 만날 수 있다.

가평 읍내를 걷다 보면 유달리 눈에 띄는 것이 있다. 바로 이름 하 여 '재즈 벽화'다. 이 재즈 벽화는 가평 읍내의 후미지고 미관상 좋지 않은 벽면을 활용하여 가평의 이미지를 바꿔 보자는 취지 아래 가평 군청의 지원을 받아 전국의 대학생들을 대상으로 벽화 그리기 공모 사업을 펼쳐서 완성한 벽화들이다. 실제로 가평 읍내는 지방의 여타 소도시들처럼 발전이 매우 더딘 곳이다. 오죽했으면 80년대의 모습을 그대로 간직하고 있다는 이유로 2007년 개봉된 고소영 주연의 〈언니가 간다〉라는 영화의 촬영지로 선택되어졌을까.

'가평'하면 사람들은 최고의 품질을 자랑하는 가평 잣을 떠올림과 동시에 이제는 〈자라섬국제재즈페스티벌〉을 떠올리게 된다. 재즈라는 음악의 이미지로 서서히 도시의 브랜드가 생겨나고 있는 것이다. 그런 도시 브랜드 강화 차원에서라도 가평 읍내에서 시각적으로도 재즈를 느낄 수 있는 무언가가 필요하다고 생각했다. 그래서 재즈 벽화 그리기 사업을 추진한 것이다.

사실 요즘 전국 그 어디를 가도 벽화는 매우 흔하다. 지역의 특산품을 활용한 곳도 있고, 지역의 명승고적을 그려 놓은 곳도 있고, 지역 출신 문인들의 시를 써 놓은 곳들도 심심찮게 만날 수 있다. 그런데 가평의 재즈 벽화처럼 일관된 주제로 모든 벽화를 완성한 경우는 매우 드물다. 그리고 재즈라는 음악의 특성에서 기대할 수 있는 벽화의 내용도 무척 다양하다.

처음에 이 재즈 벽화 사업을 추진할 때 약간의 어려움이 있었다. 건물 외벽에 벽화를 그리기 위해서는 건물주의 동의가 필요한데 좀처럼 그 허락을 받기가 쉽지 않았던 것이다. 아마도 무슨 낙서를 하려는 것 아닌가 하고 생각했을 수도 있고, 자신의 집 담벼락에 무언가 그려지는 것이 마음에 내키지 않았을 수도 있다. 차라리 약간 지저분하게 놔두는 것이 당연하다고 생각했을지도 모른다. 하지만 정말 열심히 설득해서 10여 군데의 벽면을 확보했고, 전국에서 모여든 미술을 전공한 대학생들이 한여름 땡볕 아래서

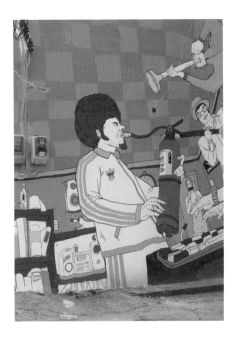

생각을 공유하는 일은 그리 어렵지 않다.

한마음이라는 뜻을 내비치지 않을 뿐.

정말 멋진 벽화들을 완성해 주었다.

반응은 우리가 기대했던 것보다 훨씬 긍정적이었다. 다른 지역의 자치단체들에서 벤치마킹을 하기 위해 찾아오기도 했고, 공중파 TV뉴스에까지 소개되었다. 그러자 갑자기 건물주들이 자기 집이나 건물의 담벼락을 내어 줄 테니 벽화를 그려 줄 수 있겠느냐고 먼저 연락해 오기 시작했다. 벽화가 생기며 미관상 좋아진 마을 분위기를 느끼게 되었던 것이다. 실제로 그 작품들 중에는 꽤 훌륭한 것들이 많았고 도시 미관을 개선하는 데 큰 역할을 했다.

그러나 문제는 그 재즈 벽화 사업을 끝내고 1년 후부터 발생했다. 외부에 노출되어 있는 벽화가 시간이 지나면서 변색되고 때가 묻으며 최초의 의도와 조금씩 멀어지게 된 것이다.

벽화는 관리가 필요하다. 아무리 실용성에 바탕을 둔 그림이라 하지만 이것도 엄연히 미술 작품이기 때문에 유지·보수·관리하는 노력이 필요한 것이다. 하지만 그 누구도 크게 신경 쓰지 않는 상황이라 몇 년이 더 지나면 어떻게 변할지 쉽게 짐작된다. 무척 안타까운 일이 아닐 수 없다.

가평 내에서 재즈에 대한 관심은 끊임없이 이어졌다. 몇 년 전에 있었던 일이다. 가평 군청에서 근무하는 한 계장이 재즈에 관심을 갖기 시작하더니 틈틈이 재즈 음반도 사서 듣고, 꽤 재미를 느꼈던 모양이다. 어느 날 우연히 길에서 마주쳤는데 나를 보고 무척 반가워했다. 그러더니 적극 추천할 아티스트가 있다며 올해

페스티벌에 꼭 초청했으면 좋겠다고 말했다. 나는 궁금한 마음에 누군지 물었다.

"마일즈 데이비스Milles Davis라는 트럼펫 연주잔데 끝내주더라구!"

나는 터져 나오는 웃음을 참으며 대답했다.

"심각하게 고려해 볼게요."

마일즈 데이비스는 1991년에 사망한 미국의 전설적인 재즈 아티스트다. 하지만 나는 재즈에 관심을 가져 주는 계장이 너무 좋아졌고, 한편으로는 고맙기까지 했다. 음악은, 재즈는 그렇게 지역 주민들에게 스며들고 있다.

지난 페스티벌 때는 지역의 상가 번영회 회원들이 자발적으로 가평의 특성을 살린 〈자라섬국제재즈페스티벌〉만의 먹거리 개발을 시도했다. 잣 피자, 잣 볶음국수, 잣 새우튀김 등등. 모든 음식에 잣을 넣는 무리수를 두기는 했지만, 그래도 나는 그들의 노력에 정말 큰 박수를 보냈다. 그리고 큰 변화가 오고 있음을 실감했다.

〈자라섬국제재즈페스티벌〉은 이제 가평 주민들에게도 멋진 축제로 자리매김해 가고 있다. 축제는 지역 주민과 하나가 될 때에만 무궁무진한 가능성을 가진 엄청난 브랜드로 탄생할 수 있다고 생각한다.

"축제는 함께 만드는 것이다."

호밀과 잔디

얼마 전, 러시아에서 막을 내린 '2014년 소치 동계올림픽'에 방문할 기회가 있었다. 2018년 동계올림픽 개최지인 강원도 평창군이 2014년 소치 동계올림픽 폐막식에서 올림픽기를 이양받을 때, 기념 무대에서 〈아리랑〉을 부를 아내의 공연 팀 일원으로 참여하게 되었다.

아내 덕분에 평생 한 번 가 볼까 말까 한 도시를 방문할 때면 결혼을 참 잘했다는 생각이 여지없이 든다. 1년에 100회 정도, 매 회 다른 도시에서의 공연을 소화하는 아내의 일정에 모두 참여한다면 아마도 나는 항공사 마일리지가 금세 백 만이 훌쩍 넘어 밀리언 마일러가 될 것이다. 그러나 국내에서 진행하는 축제와 학교 수업 등의 일정 때문에 아내와 모든 공연을 함께 다니지는 못한다. 다만, 학교 방학 기간이나 틈틈이 시간과 여건이 허락할 때에는 가급적 함께 공연 투어를 다니려고 애쓰는 편이다.

직업상 많은 유명 아티스트들을 만나고 그들과 이야기하다 보면 비행기를 워낙 많이 타고 공연 투어를 다니는 그들만의 재미있는 에피소드나 그들만이 겪게 되는 고충을 듣게 되는 경우가 있다.

어떤 유명한 기타 연주자는 가족과 함께 오랜만에 영화를 보기 위해서 극장에 갔다가 의자에 앉아서 좌석벨트를 찾느라고 한참을 두리번거리다 웃고 말았다고 하고, 또 어떤 유명 가수는 오랜 투어 끝에 집으로 돌아간 다음 날 아침 일어나 늘 호텔에서 하던 대로 전화기를 집어 들고 "조식 룸서비스"를 외치다가 옆에 누워 있던 부인에게 크게 한소리 들었다는 얘기도 있다. 그 아티스트만큼은 아니지만, 1년에 90일 가까이 해외 출장을 다니는 나에게도 잦은 비행은 무척 힘든 일이다. 어딘가 새로운 곳에 간다는 것에 언제나 설렘을 갖고 있는 데도 말이다.

올림픽 폐막식 현장을 직접 볼 수 있다는 것은 큰 기대를 갖게 했다. 사전에 올림픽 개막식에서 올림픽을 상징하는 오륜기 중 한 개가 펼쳐지지 않는 대형 사고가 있었다는 것을 뉴스를 통해 들어 알고 있었다. 러시아 정부에서 많은 예산을 투입해 동계올림픽을 개최했지만, 그 개막식은 기대에 못 미쳤던 것 같다. 폐막식은 과연 어떤 분위기일지 큰 호기심이 일었다.

동계올림픽이 열리는 곳이라 몹시 추울 것이라 예상했던 것과는 달리 소치 거리는 화사했다. 새파란 가로수 잎들과 아열대 지역에서만 볼 수 있는 나무들이 여기저기 눈에 띄었다. 러시아 사람들은 너무 퉁명스러워서 오히려 인상적이었다.

우리는 엄격한 보안 검사 과정을 마친 뒤 리허설을 하기 위해 메인 경기장으로 들어섰다. 그런데 거기서 정말 재미있는 것을 하나 발견했다. 소치 동계올림픽과 〈자라섬국제재즈페스티벌〉의 공통점이었다. 바로 올림픽 경기장 주변으로 군데군데 잔디 대신 호밀을 심어 놓은 것이다. 10년 전 〈자라섬국제재즈페스티벌〉 첫 회를 올리며 잔디를 심을 시간이 없어 생육 기간이 비교적 짧은 호밀을 심었던 기억이 떠올랐다. 거의 눈 가리고 아웅 격이었는데, 올림픽을 개최하는 소치에서 호밀을 발견하다니. 무척 신기했다.

'그렇다면 호밀은 만국 공통으로 쓸 수 있는 잔디 대체 식물인 건가.'

그곳에 서서 나는 한참을 웃었다. 그리고 호밀을 심을 수밖에 없었던 동계올림픽 담당자의 마음에 100퍼센트 공감했다.

지구촌 최대 이벤트라는 올림픽은 한국 측 공연팀에게 준비할 시간을 거의 주지 않았다. 쫓기듯 몇 번의 리허설을 마치고, 폐막식 행사가 진행되었다. 개막식에서 펴지지 않았던 오륜기 중 하나 때문에 모든 연출진은 초긴장 상태였다. 전체 폐막식 공연 중 8분을 할애받은 우리의 공연은 그들에게 그리 중요하게 다가가는 부분도 아니었을 것이다. 대체로 해외에서 개최되는 행사 현장에서는 홈그라운드가 아니기에 약간의 푸대접을 감수할 수밖에 없다.

다행히 우리 공연을 포함해 전체 폐막식은 무사히 끝났다. 개막식에서 펴지지 않았던 오륜기 중 하나를 폐막식에서 너무나도 위트 있게 펼쳐 보이는 센스까지 보여 주면서 연출의 묘妙를 충분히 살려 냈다.

이번 출장에서 알게 된 새로운 사실은 올림픽처럼 큰 행사의 연출만을 전문적으로 담당하는 다국적 기업이 있다는 것이었다. 그들은 소치 동계올림픽의 폐막식을 마치고 이제 '2014년 브라질 월드컵' 개막식을 준비한다고 했다. 나는 그와 같은 고도의 연출 집단 속에 한국인이 있으면 얼마나 좋을까, 하는 생각을 했다. 생각만 해도 너무 멋진 일이 아닌가? 지구촌 곳곳을 방문해 최대의 이벤트들을 연출하고 감독한다는 것이 말이다. 아마 틀림없이 그들은 4년 뒤 '2018년 평창 동계올림픽'에서도 그 모습을 드러낼 것이다.

소치 현장에서 본 폐막식은 엄청난 규모의 총체적 공연물이었다. 특히 러시아의 예술적, 문화적 유산들을 전 세계에 보란 듯이 자랑하는 초대형 호화 버라이어티쇼였다고 표현해도 좋을 정도였다. 주제넘은 생각일지도 모르지만, 나는 소치 동계올림픽 폐막식을 보면서 4년 후 평창은 어떻게 준비해야 할지 걱정 아닌 걱정이 되기도 했다.

어쨌든 다른 것은 잘 모르겠고 단 한 가지 내가 확실하게 아는 것은 호밀은 농작물이고, 잔디는 조경용이라는 것이다.

테마가 없는 　테 마

　직업상 많은 기획서를 볼 기회가 있다. 그런데 대부분의 기획서는 상생이나 하모니와 같은 관념적인 가치로 결론을 맺는다. 조금은 이상적인 기획들이 그 결론에 얼마나 부합되는지는 여전히 의심스럽다. 자칫 기획서를 위한 기획으로 끝나 버리지는 않을까, 하는 기우가 들 때가 많다.

　그런데 나는 거창하지 않더라도 실현 가능한 테마를 정해 지켜나가는 것을 선호한다. 그래서 〈자라섬국제재즈페스티벌〉의 테마는 늘 같다. 자연, 가족, 휴식 그리고 음악이다. 자연, 가족, 휴식이라는 세 단어는 소풍의 이미지를 담고 있고, 마지막 단어인 음악은 재즈가 가지고 있는 취약한 대중성을 포괄적인 의미로 녹여냈다. 실현 가능하고 지극히 현실적인 테마다.

나의 정체성은 재즈에 있다. 그런데 왜 재즈가 아닌 음악을 테마로 가지고 가느냐고 물을 수도 있을 것이다. 이것은 스위스의 〈몽트뢰 재즈 페스티벌Montreux Jazz Festival〉을 왜 〈몽트뢰 뮤직 페스티벌〉이라고 하지 않는가, 하는 문제와도 같은 맥락인데, 그건 〈몽트뢰 재즈 페스티벌〉이 재즈 페스티벌로 시작해 지금의 규모로 대형화된 것이기 때문이다.

세계적으로 봤을 때 대형화된 재즈 페스티벌은 거의 팝을 받아들이고 있다. 그래서 세계적인 재즈 페스티벌인 스위스의 〈몽트뢰 재즈 페스티벌〉과 핀란드의 〈포리 재즈 페스티벌〉도 폴 사이먼Paul Simon, 프린스Prince, 더피Duffy와 같은 팝 스타들을 다수 출연시키는 프로그램을 선보인다. 페스티벌이 대형화되면서 대중성을 포기할 수 없고, 그것이 자꾸 커지다 보니 재즈만 올리던 무대에 팝 스타들도 포용할 수밖에 없는 상황이 된 것이다. 그렇다고 해서 퀄리티가 낮은 팝 스타들을 초대하는 건 아니다. 멋진 라이브 공연을 할 수 있는 팝 스타들 위주로 무대에 올린다.

나는 재즈 기획자에서 출발했던 사람이기 때문에 페스티벌이 대형화되었다고 해서 재즈라는 장르에서 벗어나고 싶은 마음은 없다. 기본적으로 재즈에 굉장히 충실하면서도 조금씩 그 폭을 넓히기 위한 노력을 많이 한다. 〈자라섬국제재즈페스티벌〉의 테마인 '음악'은 재즈를 근간으로 하는 음악이 대부분이라고 해도 무방하다.

해외 아티스트나 음악 관계자들로부터 〈자라섬국제재즈페스티벌〉이 높게 평가받는 이유도 거기에 있다. 재즈에 충실한 프로그램만으로 많은 사람들을 불러 모을 수 있다는 것 자체가 놀라운 일인 것이다. 실제 아티스트들도 자라섬 페스티벌에 와서 보면 깜짝 놀란다.

미국의 색소포니스트 조슈아 레드맨Joshua Redman은 열광적인 한국 관객의 반응에 감동받아 "여기 있는 관객의 일부분이라도 홍콩으로 데리고 가고 싶다(다음 공연 장소가 홍콩이었기 때문에)"고 말한 적도 있다. 이뿐만이 아니다. 세계적인 기타리스트 존 스코필드가 공연할 때는 한국 관객이 그의 기타 곡을 허밍으로 따라하는 진풍경이 벌어지기도 했다. 이런 열성 관객들의 반응에 자기가 팝 스타가 된 줄 아는 것 같기도 하다.

나는 기본을 지키는 일도 매우 힘들고 중요한 일이라 생각하기 때문에 해마다 다른 주제를 세우기 위해 고민하지 않을 뿐만 아니라 제대로 구현도 안 될 공연을 하고 싶은 마음도 없다. 처음 생각했던 그 테마를 꾸준히 끌고 나갈 수 있기를 바랄 뿐이다.

다만 2013년의 경우 10주년이 되면서 우리가 한 가지 더 강조한 것이 있다. 바로 '감사'라는 의미를 부여한 것이다. 당시 내가 했던 모든 인터뷰에는 "먼저 지난 10년 동안 〈자라섬국제재즈페스티벌〉을 묵묵히 응원해 주신 6만 명의 가평 군민에게 감사하고, 축제의 꽃 6,700명의 자원활동가들에게 감사한다. 그리고 자라섬을 음악으로 채워 주었던 3,250명의 아티스트들에게 감사하며, 마지막으로 축제를 완성시켜 준 140만 명의 관객들에게 너무 감사하다."는 이야기가 나온다. 감사하다는 말을 많이 해서인지, 내가 군수에 출마하는 줄 알고 '벌써 작전 들었갔나 보다.'라고 색안경을 끼고 보는 사람들도 있다. 실제 해외에서는 페스티벌 디렉터를 하다가 정치가가 된 사람도 있으니 그런 생각도 무리는 아니다.

대표적인 예로 〈재즈 인 마르시악〉의 디렉터인 장 루이 기요몽은 원래 중학교 영어 교사였는데, 재즈를 너무 좋아해서 결국 페스티벌 디렉터가 되었다. 그가 만든 페스티벌이 차츰 커지면서 자연스럽게 기요몽에 대한 인지도도 함께 상승해 이후 시장까지 하게 된 것이다. 이러한 현상은 문화예술이 지역 사회에 미치는 영향을 상징적으로 보여 준다.

나는 〈자라섬국제재즈페스티벌〉도 지역사회에 큰 영향을 미치고 있다고 생각한다. 그렇지만 내가 기요몽과 다른 점은 나는 결코 정치적인 인물이 아니라는 것이다. 사람 일은 알 수 없어서 나중에 "나 출마해!" 이럴지도 모르겠지만….

"나는 지금의 내가 너무 좋다."

창작 발전소

음악 씬, 아니 조금 그 범위를 좁혀 재즈 씬을 놓고 봤을 때 지금 우리나라에서 아티스트들에게 가장 중요하며 절실하게 필요한 것은 공간이다. 아티스트들이 자신의 음악을 연구하고 발표하며 진성 관객들로부터 평가를 받을 수 있는 안정적인 공간 말이다. 이 공간은 클럽이나 작은 극장이어도 좋다. 그리고 조금 범위를 넓혀서 페스티벌이라도 무방하다. 관건은 진성 관객을 만날 수 있는 안정적인 공간이 우리에게 있느냐는 것이다.

그러한 면에서 우리나라에 있는 재즈 클럽의 상당수는 거리감이 느껴진다. 그곳에서 자신의 음악을 할 수 없는 경우가 대부분이기 때문이다. 그것은 음악에 대한 애정이 전혀 없이 손님이 떨어질까 전전긍긍하는 클럽 주인 때문이기도 하지만, 음악을 전혀 들으려는 생각 없이 클럽에 방문해 "건배"를 목청껏 외치는 손님들이 대부분을 차지하는 현실 때문이기도 하다. 과연 그 어떤 아티스트가 자기가 하고 싶지도 않은 음악을, 들어 주려는 관객이 없는 공간에서 연주하고 싶겠는가? 클럽은 본래 아티스트들이 실험적인 음악을 선보일 수 있는 장소이며, 또한 자기의 음악 세계를 과감히 드러낼 수 있는 공간이기도 하다. 그리고 음악을 좋아하는 관객을 아무런 부담 없이 친구처럼 만날 수 있는 공간이고, 연주자들간에 격식 없이 만나 음악적 교류를 시도해 볼 수 있는 공간이어야 한다. 그런데 이런 클럽의 기능을 우리나라에서 기대하는 것이 좀처럼 쉽지 않다. 클럽 역시 자본주의 사회의 경제 논리로부터 결코 자유로울 수 없기 때문에 이 문제를 클럽 주인의 운영 방침에 문제가 있다고만 이야기할 수도 없는 상황이다.

그렇다면 작은 극장이 대안이 되어야 하지 않을까?

공간의 특성상 연주자들이 공연을 준비할 때 극장 공연과 클럽 공연은 상당한 차이가 있다.

아무리 작은 극장이라 하더라도 관객이 입장권을 사서 자신의 공연을 시간 내어 보러 온다고 생각하면 당연히 공연을 준비하면서 심적인 부담을 느끼게 되어 있다. 극장의 무대는 완성된 작품에게 허용되는 공간이기 때문이며 그 공연에 대한 일차적 책임은 아티스트가 져야 하고, 그 다음은 극장에서 져야 하기 때문이다. 10여 년 전 대학로에서 재즈 전용극장인 딸기 극장을 운영하면서 만났던 수많은 연주자들과 공연은 내게 엄청난 자산이 되기도 했지만, 그 당시 극장에서 많은 연주를 했던 젊은 아티스트들이 이제는 중견 연주자가 되어 우리나라 재즈를 이끌어 가고 있는 상황을 보면서 딸기극장이 나름대로 중요한 역할을 했었다고 자부한다.

지금도 많은 중견 연주자들이 그때가 좋았다는 기억과 함께 딸기극장 이야기를 하며, 그런 공간이 더 이상 존재하지 않는다는 것에 대해 큰 아쉬움을 표하곤 한다. 실제로 내가 알기로는 틀림없이 10여 년 전보다는 모든 면에서 풍족해지고 여건이 좋아졌는데 그런 공간은, 그런 극장은 더 이상 존재하지 않는다.

하지만 아이러니하게도 최근 10여 년 사이에 꽤 많은 극장이 우리 주변에 들어서고 있다. 주로 지방자치단체들이 경쟁적으로 복합문화공간을 건설하여 지역주민의 문화생활에 기여하고자 수백억의 예산을 쓰고 있는 것이다. 전국 그 어느 지역을 가도 대규모의 문예회관이 없는 곳이 없다. 대도시의 경우에는 구 단위로 그런 공간들을 운영하고 있으니 앞서 말한 극장이 없다는 말은 전혀 설득력이 없이 들린다.

그렇다. 우리에겐 이미 충분한 물리적 공간으로서의 극장과 예산이 있다. 문제는 그 극장들이 전혀 색깔이 없이 운영되고 있다는 것이다. 지역의 복합문화공간에는 대부분 200석 규모의 소극장이 있다. 그 콘텐츠가 무엇인지에 따라 극장의 색깔을 결정짓기에 아주 적정한 규모의 극장이며, 그 자치단체의 문화적 정책 방향을 상징적으로 보여주기에도 적당한 공간이다. 그런데 그 극장의 대부분이 전문성이 전혀 없는 사람들에 의해 운영되기 때문에 문제

아티스트, 그들의 세계는

수천 번, 고뇌의 순간을 거쳐 탄생한다.

가 생긴다. 실제로 이와 같은 문제는 전국의 거의 모든 문예회관에서 공통적으로 나타나는 현상인데, 전문가가 없으면 과감하게 민간 전문가들에게 최소한 극장의 색깔을 결정짓는 프로그래밍만이라도 맡겨야 한다는 생각이다.

예를 들어 용산구민회관의 소극장은 재즈로 유명하고, 서대문구의 소극장은 록으로 유명하며, 성북구의 소극장은 국악으로, 강남구는 현대음악으로 특화될 수 있다고 생각한다. 그리고 그것이 그 자치단체의 문화적 지향점을 보여 줄 수 있다고 생각한다. 지방자치단체의 소극장은 창작 발전소로서의 기능을 하기에는 필요충분한 모든 조건을 가지고 있다. 물론 민간 전문가들의 도움은 필수적이다.

음악이 발전하기 위해서 비단 공간만이 중요하겠는가. 하지만 하나의 창작 발전소로서 가장 근원적인 공간인 클럽의 변화와 소극장의 등장이 없다면 우리는 가장 쉬운 길을 앞에 두고 많은 비용을 들이며 먼 길을 굳이 돌아가는 우를 범하게 될 거라고 생각한다.

상 생

해마다 눈에 띄게 페스티벌 관객이 늘어나고 있다. 매년 20퍼센트 이상 증가하고 있는 것 같다. 전체 무대 중 유료 무대는 두 개인데 빨리 매진되기 때문에 표를 구하지 못해 나머지 무료 무대만 보고 가는 사람들도 많다.

야외에서 이뤄지는 페스티벌이고 자라섬이 얼마나 넓은지 알고 있는 사람들은 매진이라는 말에 약간 의아해 할 수도 있다. 좌석이 정해진 것도 아닌데 매진이라니…. 물론 매진을 시키지 않고 좀 더 많은 티켓을 팔 수도 있지만, 소풍과 휴식의 개념을 중요하게 생각하는 페스티벌이기 때문에 관객들의 쾌적한 페스티벌 나들이를 망칠 정도로 많은 티켓을 판매하지는 않는다. 〈자라섬국제재즈페스티벌〉은 그 시작부터 상업성을 띄지 않았으며, 특히 올해의 관객은 내년의 관객이라는 생각에서 건강한 페스티벌이 되기 위해 힘쓰고 있다.

지난 10년 동안 페스티벌을 지속해 오면서 주변으로부터 받는 질문 중 하나가 기업의 협찬에 관한 것이다. 우리 페스티벌에서는 비교적 안정적인 협찬사 유치가 이뤄지고 있는데, 그것을 본 동종 업계의 관계자들이 특별한 노하우가 있는 것인가 하여 물어온다. 결론부터 말하자면 노하우는 전혀 없다. 다만, 협찬사에 대한 몇 가지 개인적인 생각이 있다.

첫째는 아무리 작은 협찬을 받더라도 깊이 감사하며, 협찬사를 위해 할 수 있는 모든 일에 최선을 다한다는 것이다. 이것은 어려웠던 기획자 생활 초기부터 다년간의 돈 꾸기 노하우에서 터득한 것인데, 누군가 내게 100만 원을 아무 조건 없이 빌려 줄 수 있는 사람이라면, 나는 그 사람이 여유가 있고, 형편이 되며, 내게 신뢰가 있다면, 1천만 원도, 아니 그 이상도 꿔 줄 수 있는 사람이라고 생각한다.

비록 작은 협찬일지라도 정말 감사한 마음으로 협찬사가 만족할 수 있도록 최선을 다하는 것, 그것은 자연스럽게 다음 해의 페스티벌을 기대하게 만든다고 본다. 당연히 해를 거듭할수록 협찬의 크기는 커질 것이고, 페스티벌에 더 많은 애정을 갖게 되지 않을까.

두 번째는 담당자를 중요하게 생각하는 것이다.

대체로 우리나라에서 각종 공연예술 등의 협찬 유치 과정을 보면 어떻게 해서든 최고 결정권자를 만나 이야기하려는 경향이 있다. 어쩌면 가장 쉽고 빠른 방법일 수도 있다. 대부분의 일은 그렇게 진행되는 것이 여전히 대한민국의 현실일 수도 있다.

그런데 그 일을 직접 해야 하는 담당자는 아마 별로 즐겁지도 않고, 신나지도 않으며, 책임감도 느끼지 않을 것이다. 당연히 좋은 결과를 기대하기 힘들다. 즉 내년은 없다는 말이다. 그러면 해마다 최고 결정권자와의 새로운 인연을 찾아서 동분서주해야 할 것이다. 하지만 실무 담당자가 소신을 가지고 추진한 일에서 멋진 성과를 내고 있다면 아마 그 조직의 최고 결정권자는 너무 기쁘지 않을까? 즉 내년도 기대할 수 있다는 말이다.

자라섬 페스티벌의 경우 대부분의 협찬사들이 몇 년에 걸쳐 지속적인 협찬을 하고 있다. 이것은 협찬사들이 〈자라섬국제재즈페스티벌〉에 대해 만족하고 있다는 증거다. LIG화재는 8년째, 롯데 멤버스는 6년째, 다음커뮤니케이션은 5년째 협찬하고 있다. 우리나라에서는 해를 거듭해 특정 행사나 축제를 지속적으로 협찬하는 기업이 거의 없다는 점을 생각하면 이들의 존재는 매우 이례적이며 특별한 의미가 있다.

실제로 많은 페스티벌의 협찬사들이 1회로 협찬을 마감하는 경우가 대부분이다. 그래서 페스티벌 운영 조직은 매년 협찬사를 찾기 위해 정신없이 돌아다녀야 한다. 협찬을 받지 못해 준비한 공연을 포기해야 하는 일도 빈번하다. 하지만 협찬에 어느 정도 안정성을 기대할 수 있다면 상황은 완전히 달라진다. 바로 실행 가능한 계획을 세울 수 있다는 말이다. 축제 운영이 안정적으로 될 수 있으며, 당연히 실수도 줄어들게 되고, 좀 더 좋은 콘텐츠를 확보하는데 충분한 시간을 쓸 수 있다. 이것은 결국 공연예술 축제의 성공 여부를 판가름하는 기본이라 할 수 있다.

처음 롯데멤버스가 〈자라섬국제재즈페스티벌〉을 협찬하게 된 배경은 무척 재미있다. 당시 롯데멤버스의 안병현 대리는 페스티벌 관객으로 참여해 가족과 즐거운 시간을 보냈다. 마케팅팀에서 근무했던 그는 롯데멤버스에서 협찬한다면 이 페스티벌에도 큰 도움이 될 수 있고, 회사에도 좋은 결과를 가져올 것이라 확신했다. 그리고 이후 팀원들과 함께 최고 결정권자의 결재를 얻어 내 협찬을 시작한 것이다.

하지만 지금은 국내 대기업의 문화예술 협찬 사례 중 가장 모범적인 사례로 손꼽힐 만큼 큰 반향을 일으켰고, 실제로 롯데멤버스의 협찬으로 〈자라섬국제재즈페스티벌〉이 폭발적인 성장을 이루어냈다고 이야기하는 사람들도 있다.

관객이 축제를 사랑하고 이후 그 사랑이 협찬으로 이어지는 페스티벌, 담당자가 확신을 가지고 협찬을 추진하는 페스티벌, 그리고 그 협찬이 지속되는 페스티벌, 이것이 바로 〈자라섬국제재즈페스티벌〉이 여타의 페스티벌과 다른 점이다. 이것을 나는 축제 속에서 함께 성장한다는 개념으로 이해한다.

협찬사는 그 협찬의 양을 떠나서 대한민국의 문화예술 발전을 위해 정말 고맙고도 감사한 존재다.

공무원은 외계인이 아니다

얼마 전, 한 통의 전화를 받았다. 지방을 중심으로 활동하는 문화예술 기획자들의 자발적인 문화 기획 아카데미에서 강의를 부탁한 것이다. 그런데 강의 주제가 내가 지금까지 받아 본 것 중에 가장 황당하고 당황스러운 것이었다. 바로 '공무원들과 사이좋게 지내며 일하는 방법'이었다. 이 얼마나 어처구니없는 주제인가? 공무원들도 사람이고, 같은 말을 쓰며, 한 동네에 살고 있는 이웃인데 말이다.

한편으로는 이런 생각도 들었다. 지난 10년간 〈자라섬국제재즈페스티벌〉을 올리며 가평군 공무원들과 사이좋게 지낸다는 소문이 난 건 아닐까, 하는. 그렇게 생각하니 전혀 이해할 수 없는 주제도 아니었다.

전화를 끊고 한동안 곰곰이 생각해 봤다. 그때 몇 가지 떠오르는 생각이 있었다. 국내 문화예술 시장에서 공공 예산이 차지하는 큰 비중과 이 예산을 운영하는 공무원의 역할의 중요성, 그리고 문화예술 기획자들이 그들의 중요한 파트너로서 어떻게 자리매김해 나가야 하는지에 대해서였다.

대한민국에서 가장 보수적인 단체라고 불리는 공무원들과 가장 진보적이고 자유로운 사고를 하는 문화예술계에 종사하는 사람들이 함께 일한다는 것은 쉽지 않다. 이 두 조직 사이에 건널 수 없는 강이 분명히 존재하는 것이다. 각자의 입장을 들여다보면 이런 결론에 도달한다.

문화예술 기획자들은 이렇게 말한다.

"공무원들은 문화예술을 잘 몰라!
내 깊은 기획 세계를 이해 못하네.
기가 막히게 멋진 걸 할 수 있는데 말이야.
아, 답답해 미치겠네."

아마 공무원들도 기획자에 대한 불만을 드러낼 것이다.

"행정을 모르니 되지도 않을 일을 가지고 와서 답답한 소리만 늘어놓는 거지."

공무원들은 일단 현장에서 일하는 기획자들이 어떤 아이템을 들고 오던 곱지 않은 시선으로 보는 경향이 있다. 그러니 대화가 잘

풀릴 리 만무하다.

　문화예술계에 종사하는 사람들은 행정을 잘 모를 수밖에 없다. 그리고 숫자에는 더욱 약하다. 예를 들어 축제의 실현 가능성을 논의할 때 민간경상보조, 투융자심사, 광특예산, 순세계잉여금 등과 같은 말이 나오면 기획자들은 무슨 말인지 전혀 이해하지 못한다. 이후 이야기를 이어 갈 수 없는 상황이 되는 것이다.

　만약 이야기가 잘되어 축제를 올리게 되었다고 가정해 보자. 결코 순탄하지 않을 것이라는 건 불 보듯 뻔하다. 일단 같이 일을 하게 된 이상 공무원들은 기획자에게 자세히 행정을 가르쳐 줘야 하고, 기획자들은 문화예술에 대한 창의적인 사고를 공무원들이 이해할 수 있도록 도움을 주어야 한다.

　자라섬 페스티벌을 진행하면서 알게 된 사실이지만, 공무원 업무의 상당 부분이 나중에 있을 감사에 대비하는 일이다. 정부에서 일부 예산을 지원받아 치러지는 페스티벌이다 보니 우리도 몇 차례 감사를 받은 적이 있다. 그 과정에서 한 가지 깨달은 것은 감사에서는 선의를 가지고 일을 열심히 했는지 아닌지는 별 의미가 없다는 것이다. 오로지 정해진 규정에 맞게 예산을 집행했는지가 더 중요하다. 즉, 숫자가 중요한 것이다.

　이러한 행정을 모를 때는 공무원들이 마치 외계인처럼 느껴졌다. 그런데 지금은 문화예술 종사자와 공무원들이 어떻게 하면 서로 간의 이해의 폭을 넓힐 수 있을지 고민하게 된 것이다.

　예산은 어떤 과정을 통해 수립되는지, 어떤 서류가 어느 시점에서 필요한지에 대해 이해하는 것, 그리고 무엇보다도 담당 공무원이 문화예술에 관심을 가지도록 유도하는 것이 매우 중요하다는 생각을 갖게 되었다. 되도록 많은 정보를 주면서 우리가 함께하려는 일이 얼마나 가치 있고 멋진 일인지에 대해 공감할 수 있는 기회를 만들어 주는 것은 성공적인 축제를 올리는 데 꼭 필요한 일이다.

조금만 생각을 바꿔 보면, 비즈니스 파트너로서 공무원은 거의 최상이라는 걸 알 수 있다. 결제 날짜도 정확하고, 어음을 주는 법도 없지 않은가?

파트너 관계는 상대방의 업무 방식을 정확히 이해하는 것에서부터 시작된다. 다양한 소통을 통해 충분한 이해가 쌓인다면 서로에게 도움을 줄 수 있는 아름다운 관계로 발전할 수 있을 것이다. 정말 멋진 일을 도모하고 있다면 말이다.

대한민국의 문화를 위해 정말 중요한 존재, 공무원. 그들은 외계인이 아니었다.

오른쪽 위, 엘리 데지브리Eli Degibri
오른쪽 아래, 울프 바케니우스Ulf Wakenius
아래, 조이 디프란시스코Joey DeFrancesco

왼쪽. 압둘라 이브라힘Abdullah Ibrahim
오른쪽. 라르스 다니엘손 트리오Lars Danielsson Trio

SCENE 4
뚜벅뚜벅

나중에 후회할지 모르지만 지금은 아니다. 취업한 대학 동기들을 가끔 만나는 데, 모두 직장에 대한 불만만 토로한다. 돈은 많이 버는데 일은 재미없다는 것이다. 그런데 나는 재미있는 일을 하면서 돈도 벌고 있다. 자라섬재즈센터 스태프가 된 것을 후회하지 않는다.

축 제 의 꽃, 자라지기

〈자라섬국제재즈페스티벌〉의 자원활동가들을 '자라지기'라고 부른다. 우리는 자라지기를 뽑는 기준이 있다. 요즘은 자원활동도 중요한 스펙이 되어서 지원하는 학생들이 꽤 많아졌다. 그런데 단순히 스펙을 쌓기 위해서 오는 사람은 받지 않는다. 정말 이 페스티벌을 좋아하거나 아니면 최소한 이 페스티벌에서 즐거운 시간을 보낸 기억이 있는 사람들을 선호한다. 나름 우리도 꽤 경쟁률이 높다.

자라지기를 모집하고 보통 7월에 그들과 처음 만나게 되는데, 나는 총감독으로서 인사할 때 자원활동을 하면서 얻어 갈 수 있는 네 가지에 대해 이야기한다.

첫째는 프라이드다. 자부심. 그 자부심은 페스티벌이 성공적으로 끝났을 때 자원활동가뿐만 아니라 관련된 모든 사람이 공유할 수 있는 것이다.

두 번째는 친구다. 4박 5일간 합숙하며 당연히 친구가 생기게 되고, 심지어는 연애를 하는 사람들도 많다. 청춘남녀들이기 때문에 이후 결혼을 한 자라지기들도 있다.

세 번째는 평소 관심 있던 분야의 일을 직접 해 보는 경험이고, 네 번째는 페스티벌 티셔츠다. 그런데 내가 자라지기들에게 약속할 수 있는 것은 티셔츠밖에 없다.

나는 자라지기들에게 내가 약속한 티셔츠를 포함해 네 가지를 모두 얻어 갈 수 있는 시간이 되기를 바란다고 인사한다. 똑같은 인사를 10년째 하고 있기에 다년 차인 자라지기들은 내 말을 다 외울 정도다.

자라지기들은 축제의 꽃이자 행사의 성패를 좌우한다고 해도 과언이 아닐 정도로 중요한 조직이다. SNS에서 홍보할 때도 그들이 눌러 준 '좋아요' 클릭 수만 금세 수백 개가 된다. 그만큼 자라지기가 많다. 그들이 해외여행을 간다는 정보를 입수하면 홍보할 수 있도록 페스티벌 깃발을 만들어 전달하기도 하는데, 그걸로 정말 희한한 데까지 가서 사진을 찍어 SNS에 올리는 열성을 보여 준다. 바닷속에서 사진을 찍어 올리는 친구들도 있으니 말이다. 정말 세계 속의 자라섬, 세계 속의 자라지기다.

페스티벌이 10회를 맞으며 자라지기 중에는 8, 9년 차도 있다. 처음 시작할 당시 대학생이었던 친구들이 이제는 직장인이 되어

—
뭔가, 지금, 우리가
해내고 있는 것이다.

—

살면서 넘쳐흘렀던 것은,

오직 사람들의 따뜻한 마음이었다.

자라섬을 찾고 있다. 나는 모두 그들에게 같은 수준의 일을 시키는 것이 아니라 경력과 능력을 인정받은 자라지기들에게는 특별히 작은 무대를 주어 관리하게 하는 등 〈자라섬국제재즈페스티벌〉에서의 자존감을 갖도록 격려하는 편이다. 이제 작은 무대를 움직일 수 있을 정도로 프로페셔널한 자원활동가가 된 것이다. 이렇게 쟁쟁한 선배들이 많은 덕에 신입 자라지기들은 현장에서 선배들에게 많은 것을 배우게 된다.

자라지기를 하던 친구를 직원으로 채용하기도 했다. 이 일을 너무 좋아하게 되어 직업으로 삼고자 하는 친구들이었다. 현재 직원 중 3명이 자라지기 출신이다.

내가 처음 핀란드 〈포리 재즈 페스티벌〉에 갔을 때 했던 생각이 있다. 페스티벌에서 나를 안내해 주었던 자원활동가가 있었는데, 70대 초반의 할아버지였다. 그분은 퇴직 이후 포리에 살고 계셨는데 당시 무려 17년 차 자원활동가였다. 그런데 재미있는 점은 그 할아버지보다 연장자인 자원활동가 선배가 무려 3명이나 더 있었다는 것이다.

나는 그때 자라지기 중에서도 가정을 꾸리고 나이가 들어서도 아들딸과 함께 자원활동을 하는 사람들이 나오지 않을까, 하는 생각을 했다. 한 가족의 역사에 〈자라섬국제재즈페스티벌〉이 있는 것이다. 정말 아름다운 페스티벌의 모습 아닌가. 어쩌면 우리나라에서도 실현 가능한 일이 아닐까, 하는 희망을 품게 되었다.

보통 대학생이나 사회 초년생으로 구성될 것이라고 생각하는 자라지기는 생각보다 그 연령대가 다양한 편이다. 지금은 자원활동을 그만두었지만 자주 연락하며 지내는 친구가 한 명 있다. 나보다 한 살 적은 친구인데 〈자라섬국제재즈페스티벌〉 3회 때부터 작년 10회를 맞을 때까지 한 번도 빼먹지 않고 페스티벌 시작 1주일 전에 자라섬재즈센터를 찾아왔다. 직업이 심마니인 그 친구는 자신이 캔 귀한 약초를 가지고 와 나와 스태프들에게 주고 갔다. 자라지기로 활동한 것에 대한 자부심을 가지고 꾸준히 페스티벌에 대한 관심을 놓지 않는 것이다.

포리에서 70세가 넘은 할아버지가 자원활동을 하는 것처럼, 자라섬 페스티벌을 통해 생긴 친구들 덕분에 나는 한 회 한 회 페스티벌을 만들어 가는 힘을 얻는 것 같다. 정말 감사한 일이다.

얼마 전, 8년 차 자라지기가 결혼을 해서 주례를 보러 갔다. 나는 주례사를 통해 신랑은 무척 복 받은 친구라고 말했다.

"어떠한 행사에
자원활동을 8년 동안 한 신부라면,
다른 그 무슨 설명이 필요하겠는가."

지금의 나는 자원활동가들을 통해 자라섬의 미래를 본다. 페스티벌 기간에는 인근 학교에서 환경미화 캠페인을 나와서 의자를 옮기거나 바닥에 버려진 빈 병을 수거하는 초등학생들을 종종 보게 된다. 그 학생들을 보면서 나는 자원활동을 통해 페스티벌을 접하고, 재즈를 알게 되면 언젠가 그들 중에서도 〈자라섬국제재즈페스티벌〉의 총감독이 될 아이가 나오지 않을까, 하는 기대를 한다. 물론 내가 은퇴한 뒤겠지만 말이다.

삶은 최고의 라이브다

나는 개인적으로 '찌글찌글하다', 라는 말이 재즈와 가장 잘 어울리는 표현이라고 생각한다. 세계적인 재즈 아티스트들의 삶에 굴곡이 많았던 것을 보면, 누구나 공감할 수 있을 것이다.

비밥 재즈 후원자로서 재즈 아티스트들을 위한 도움을 아끼지 않았던 영국의 파노니카 드 퀘닉스워터Pannonica de Koenigswarter가 펴낸 〈Three Whishes세 가지 소원〉라는 책에는 당시 활발히 활동하던 재즈 아티스트 300명의 세 가지 소원에 대한 인터뷰가 실려 있다. 그중 비밥 재즈를 창조하고, 그래미상에 빛나는 미국의 트럼펫 연주자 디지 길레스피Dizzy Gillespie의 첫 번째 소원은 "돈 때문에 어쩔 수 없이 연주하지 않았으면…." 하는 것이었다고 한다. 모던 재즈 트럼펫의 1인자이자 '재즈계의 신화'라고 불리는 마일즈 데이비스는 "백인이 되는 것", 비밥 트럼펫의 명인이라 불리는 미국의 클락 테리Clark Terry는 "오래 행복할 수 있게 건강을 지켜 주는 보험을 갖는 것"을 첫 번째 소원으로 꼽았다.

위에 거론된 아티스트들은 일반인들에게는 생소할지 몰라도 대중문화에 큰 영향을 끼친, 문화예술계에서는 없어서는 안 될 세계적인 재즈 거장들이다. 그런데 그들은 자신의 업적과는 상관없이 모두 지극히 소박한 소망을 가지고 있었다. 그저 돈과 건강 그리고 행복이었다. 아마 모차르트나 아인슈타인 같은 천재들도 모두 그랬을 것이다.

이들은 재즈의 황금기에 활동했지만 가난과 마약, 인종차별과 재즈 장르에 대한 사회적인 무시로 인해 힘겨운 삶을 살아야만 했다. 그리고 매일의 찌글찌글함에서 벗어나려 몸부림치던 순간에도 그들은 재즈사에 길이 남을 엄청난 곡들을 만들어 냈고, 새로운 길을 개척하고 활발한 교류를 나누면서 재즈라는 세계를 확장시켰다. 그 찌글찌글한 삶 속에서 말이다.

결국 그들의 힘든 시간들은 모두 다 필요한 시간들이었다. 그것들이 모여 살도 되고 피도 되고 별도 되고 영광스러운 상처도 되며 삶이 된 것이다. 그리고 나는 이 찌글찌글한 드라마를 아티스트는 물론이고 정치인이든 회사원이든 주부이든 유치원생이든 세상의 모든 사람들이 매일 찍고 있다고 생각한다.

나는 공연이 바로 우리 삶이라고 생각한다.

"우리는 모두 자기 삶의 총감독이며,
또한 아티스트다."

따라서 이 땅에 태어난 모두가 이미 시작된 하나의 공연을 어쨌
든 끝까지 마쳐야 한다. 공연이란 만들수록 다룰 이야기(소스)가
많아지고, 만들수록 더 높은 완성도를 보이고 싶고, 만들수록 실
력이 더 좋아지고, 예술과 시장에 대한 시야가 넓어진다. 오래 할
수록 나아갈 길이 보이고, 오래 할수록 성패를 예측하는 시간이
점점 단축되고, 내 것이 아닌 콘텐츠가 무엇인지 알고, 가볍게 보
내 줄 수 있게 된다. 이 모든 과정을 거치면서 결국은 '너와 나는
같다', 라는 눈높이가 생기고, 작은 것에서도 큰 행복을 느낄 수 있
게 되는 것이다.

이것은 비단 공연계에 있는 사람들만 알 수 있는 비밀은 아니
다. 인생은 하나의 축제라서 무대 위의 아티스트와 무대 뒤의 스
태프, 그리고 구경하는 관객 모두 똑같이 주인공이기 때문에 지금
벌어지고 있는 이 모든 일들을 거짓말 같이 함께 공감할 수 있는
것이다. 한마디로 인생은 모두가 함께 연출해서 만들어 내는 기적
이다.

이런 일들이 이 땅 위 여기저기에서 동시다발적으로 일어나고
있으니, 매일이 축제인 것이다. 나의 청춘은 수많은 실패의 연속
이었지만, 결국은 내 인생 가장 찬란했던 축제였다는 걸 이제야
알았다.

모름지기 축제라는 것은 항상 즐거워야 한다고 생각한다. 시간을 되돌려 그때로 돌아갈 수 없다는 것을 너무나 잘 알기에 지나온 축제의 시간들을 더 즐겁게 보내지 못한 것이 못내 아쉽다. 마치 공연을 마친 아티스트가 무대 뒤에서 끝나 버린 공연을 못내 아쉬워하며 눈물을 흘리는 것처럼 말이다. 하지만 조명은 이미 꺼졌고, 관객들은 모두 돌아가 버리지 않았나…. 그리고 다음 공연을 생각하며 마음을 다잡는다.

하지만 다음 공연에서 어떠한 경우라도 100퍼센트 똑같은 공연은 존재하지 않는다. 같은 무대, 같은 조명, 같은 음향에 같은 출연진일지라도 절대 같은 공연은 없다. 관객도 서로 주고받는 기의 흐름도 매번 다르기 때문이다. 이렇게 공연은 영원한 아날로그일 수밖에 없는 태생적 한계를 가지고 있으며, 그것은 우리의 삶과 정확히 일치한다.

"삶은 바로 최고의 라이브인 것이다."

그래서 공연은 삶이며, 그 삶이 이어지는 한 장기 공연이 진행 중인 것이고, 모든 사람들이 자신만의 공연을 무대에 올려 나름대로의 관객을 모으며, 인생이 이어지는 한 끊임없이 새로운 관객들을 맞이한다. 그중에는 내게 항상 용기를 주는 고정 관객과 안정적인 공연을 만들어 주는 스태프들이 있고, 또 내게 비난을 퍼붓는 평론가, 그리고 끊임없이 경쟁하는 동료 아티스트도 있다.

전 국 수 석 을 놓치다

〈자라섬국제재즈페스티벌〉의 총감독이라고 하면 가장 많이 받는 질문이 있다. 페스티벌의 성공 비결이 무엇이냐는 것이다. 그런데 이런 질문을 받으면 순간 멈칫하는 나를 발견한다. 선뜻 대답하지 못하는 것이 조금 민망해져 곰곰이 생각해 본 적이 있다.

답을 찾지 못하는 것이 아니라 할 이야기가 너무 많아서 정리가 안 된다는 게 정확한 표현일 거다. 어떻게 하면 멋지게 대답할 수 있을까 고민하다가 〈자라섬국제재즈페스티벌〉뿐 아니라 '대한민국에서 축제를 성공적으로 만드는 법'에 대해 생각하게 되었다. 그래서 내린 결론은 총 다섯 가지로 요약된다.

첫째, Sitting.

앉아 있는 것. 다시 말해 앉아서 보거나 들을 것이 있다는 말이다. 이것은 콘텐츠를 말하는데, 그 콘텐츠는 명확해야 한다. 축제 이름만 들어도 무엇을 하는 축제인지를 정확하고 쉽게 이해할 수 있어야 한다.

둘째, Eating.

먹거리. 기본적으로 축제는 '일상생활에서 탈피해 먹고 마시며 즐겁게 놀자는 것'이다. 축제의 기원인 여러 제천 의식을 떠올려 보면 쉽게 이해할 수 있다. 배가 고픈데 즐겁게 놀 수가 있겠는가? 여기서 흥미로운 점이 한 가지 있다. 먹거리를 콘텐츠로 하는 축제가 굉장히 많다는 것이다. 지역 특산물 등을 소재로 한 축제들이 여기에 해당되는데 콘텐츠가 명쾌하기 때문에 비교적 높은 성공 가능성을 갖고 있다.

공연예술을 콘텐츠로 하는 축제라도 일정 수준의 먹거리를 갖추는 것은 매우 중요하다. 그런데 이 먹거리가 관객층과 잘 맞아야 한다. 자라섬 축제에 오는 관객층은 20~30대가 주를 이루며, 대졸 이상의 비교적 고소득층이 많은 편이다. 또한 전체 관객의 65퍼센트가 여성인 것으로 분석된다. 그런데 이러한 관객층을 대상으로 가평의 자랑인 민물고기 매운탕을 열심히 판다면 답은 뻔하다.

셋째, Shitting.

화장실. 이것은 포괄적으로 편의 시설을 말하는데, 가족과 함께 즐거운 시간을 보내려고 축제에 와서 풍부한 볼거리와 먹거리에

만족한다고 해도 화장실에 가기 위해 30분 이상 줄을 서야 한다면 다시는 그 축제에 가고 싶지 않을 것이다.

위에서 언급한 세 가지를 보완하기 위해서는 항상 방문객들을 대상으로 재방문 의사를 물어보는 것이 매우 중요하다. 만약 재방문 의사가 50퍼센트 미만이라면 개선할 부분이 많다고 봐야 한다. 자라섬 축제의 경우에는 관객의 약 90퍼센트가 재방문 의사를 보인다. 회를 거듭하면서 방문객 수가 폭발적으로 증가하는 이유를 예측해 볼 수 있는 수치다.

넷째, Continuity.

연속성. 물론 일회성 축제도 있을 수 있지만 축제는 반드시 연속성이 있어야 한다. 이것은 예측 가능해야 한다는 말과도 일맥상통한다. 우리 삶에는 크고 작은 축제들이 있다. 설날, 추석, 크리스마스, 그리고 연인들에게 제일 중요한 밸런타인데이 등등. 이 일상적인 축제들의 공통점은 모두 날짜가 정해져 있어 예측이 가능하다는 것이다. 그것은 미리미리 계획을 세울 수 있다는 이야기이기도하다.

여러 축제 행사장에 가 보면 아쉬운 부분이 있다. 그해의 행사 날짜와 행사명을 알리는 플랜카드와 각종 인쇄물들은 볼 수 있지만, 다음 해 축제 일정을 알리는 내용은 볼 수 없다는 것이다. 이미 방문객들은 그 축제를 알고 찾아온 사람들이라고 볼 때, 다음 해에노 그들이 다시 방문할 수 있도록 미리 내년 행사 일정을 알리는 것이 더 효율적이지 않을까. 그런데 우리나라에서 열리는 축제

중에 다음 해 일정을 미리 공지하는 축제는 드물다. 생각해 봐야 할 문제다.

다섯 째, Permanency of Organization.

조직의 항구성恒久性. 축제는 흔히 유기체에 비유되곤 한다. 아주 적절한 비유라고 생각한다. 처음 막을 여는 축제는 갓난아이라고 보면 된다. 그런데 이 갓난아이가 두 살이 되고, 세 살이 되는 과정에서 제일 중요한 사람은 누구인가? 당연히 엄마다. 아기가 적절한 영양분을 섭취할 수 있도록 각별히 신경을 쓰면서 튼튼한 아이로 자랄 수 있도록 보살펴 주는 엄마가 없다면 아마 이 아기는 성장하는 데 많은 어려움이 있을 것이다.

축제에서 이 '엄마'에 해당하는 것이 바로 운영 조직인데, 갓난아이를 보살피듯 운영 조직 또한 변함없이 축제 곁에 있어야 한다. 이것은 노하우의 전수와 밀접한 관련이 있다. 축제를 만드는 노하우가 전수되지 않는다면 아무리 연속성이 있는 축제라도 처음이나 10년 후나 절대 발전할 수 없다.

우리나라의 축제 수는 정확히 파악하기 어렵다. 1,200개였다가 700개였다가 격차가 크다. 이는 매해 적지 않은 축제가 열리긴 하지만 지속적으로 성장하며, 안정적으로 자리 잡은 축제는 많지 않다는 말이다. 내가 생각하기에 우리나라 축제가 직면한 최대의 문제는 조직의 항구성이 흔들리면서 축제 노하우가 전수되지 않는 것에 있는 것 같다. 이것은 여전히 대부분의 축제가 정부나 지자체의 주도 하에서 이루어지기 때문에 생기는 문제일 것이다.

공무원은 순환 보직제가 있기 때문에 담당 공무원이 계속해서 바뀐다. 그래서 어쩔 수 없이 축제 운영 대행사를 입찰하게 되니 상황은 더욱 악화되는 것이다. 가령 어제까지 상하수도 사업소에서 정화조를 담당하던 공무원이 오늘부터 축제를 담당하게 되는 경우가 발생한다. 입찰에 의해 작년과 다른 대행업체와 일을 하게 되었다고 가정하면, 우리는 어디서 축적된 노하우를 찾을 수 있을 것인가.

또 조직의 항구성은 예산 절감과도 밀접한 관련이 있다. 공연예술 축제의 경우 섭외비가 많이 드는 유명 아티스트를 초청하기 위해 인접 국가와 프로그램을 공동 기획하는 경우가 잦다. 보통 이 일은 초청 1, 2년 전부터 이야기가 진행된다. 그런데 그건 누가 할 것인가? 엄마가 다른 집으로 가 버렸는데.

위의 다섯 가지 결론은 내가 현장에서 일하면서 느낀 지극히 개인적인 의견일 뿐이다. 그런데 이렇게 정리하고 보니 내가 너무 당연한 이야기를 하고 있는 것은 아닌가, 하는 생각이 들었다. 조금만 생각하면 중학교 2학년도 알 수 있는 이야기 아닌가? 그러다 문득 떠오른 생각이 있다. 왜 내가 30년 전 대입학력고사에서 전국 수석을 하지 못했는지 알게 된 것이다.

당시 학력고사 성적이 발표된 후 모든 언론 매체들은 전국 수석을 차지한 학생을 인터뷰하면서 수석의 비법이 무엇인지 물었다. 그런데 그 학생은 이렇게 대답했다.

"예습, 복습을 열심히 하고, 수업시간에 선생님 말씀을 집중해서 들었습니다."

너무 허탈한 대답이었다. 나는 그 말을 전혀 믿지 않았다. 틀림없이 학원도 여러 개 다니고, 공부 잘하는 약(?)도 먹었을 거라고 생각했다.

그런데 '대한민국에서 축제를 성공적으로 만드는 법'을 정리하면서 혹시 그 전국 수석자가 정말 학원도 안 다니고, 공부 잘하는 약도 안 먹고, 예습, 복습을 열심히 하면서 수업시간에 선생님 말씀에만 집중해서 들은 건 아닌가, 하는 생각이 불현듯 든 것이다. 그것이 가장 기본이며, 당연한 것이기 때문이다.

축제를 만들다 보면 기획자로서 나름대로 세운 원칙들이 생기게 마련이다. 그런데 실제로 축제를 기획하고 제작해 나가는 과정에서 내가 세운 그 원칙들을 조금씩 허물고 있는 내 자신을 발견하게 된다. 최초에 세웠던 기본적인 원칙을 얼마나 지켜 갈 수 있는지가 축제의 성패를 좌우한다는 걸 뻔히 알면서도 말이다.

공연 기획자

　　원래 공연 기획자들은 대부분 말을 잘한다. 사람을 잘 설득하는 기술이 있다. 농담처럼 이런 이야기를 한 적이 있다. 막상 공연 기획자들 10명의 통장 잔액을 다 더해도 100만 원이 안 될 것이라는. 그런데 모여서 이야기하는 걸 보면 말은 정말 청산유수고 돈도 벌써 수백 억이 왔다 갔다 한다. 그런데 나는 말이 굉장히 어눌하다. 말을 잘하는 것 같지는 않은데 충청도 사람 특유의 재미있는 나의 어법을 사람들이 좋아하는 것 같다.

　　페스티벌 디렉터들 중에서 나는 꽤 어린 편이다. 예를 들어 서울시나 문화체육관광부에서 심사위원으로 위촉받아 가면 내가 하는 일은 심사가 아니다. 거기 가 보면 거의 나보다 대여섯 살에서 많게는 열댓 살 많은 분들이 나와 있는데 그곳에서도 여전히 난 어리다.

예전에 해외 재즈 관련 미팅이 있을 때도 늘 내가 막내였다. 지금은 나보다 어린 기획자들이 한두 명 있지만, 몇 년 전까지만 해도 페스티벌 디렉터 모임에서는 늘 내가 막내였다. 그런 곳에서 내가 하는 일은 형들을 재미있게 해 주는 일이다. 커피를 뽑아 오고 재미있는 이야기들로 분위기를 띄워 놓는다. 그게 바로 내가 하는 일이다. 내가 페스티벌을 서른아홉 살에 시작했으니 일찍 시작하긴 한 모양이다.

처음 공연 기획 일을 비롯한 문화예술계에 관심이 있는 후배들에게 내가 입버릇처럼 하는 말이 있다.

첫째, 예술적 안목과 시장에 대한 안목을 길러라.

둘째, 자기 생각을 상대방에게 정확하게 전달할 수 있는 커뮤니케이션 능력을 갖춰라.

셋째, 자신의 가능성을 넓은 시장에서 펼치기 위한 외국어 능력을 키워라.

넷째, 컴퓨터 3종 세트(엑셀, 파워포인트, 한글 등)를 최고 수준으로 다뤄라.

다섯째, 사람들과 사이좋게 지내라.

나는 이 정도면 기획자로서 문화예술과 관련된 일을 하는 데 필요한 모든 조건을 갖춘 사람이라고 생각하는데, 물론 이 모든 것에 전제가 돼야 하는 것은 문화예술을 사랑해야 한다는 것이다. 그리고 그 전제가 깔리면 조건을 갖추기 매우 쉬워진다.

안목을 기르는 과정은 무척 즐겁다. 왜냐하면 재미있는 것만 보면 되니까. 그리고 그걸 보고 글로 자기의 생각을 정리하다 보면 자연스럽게 커뮤니케이션 능력도 향상된다. 언어 능력은 글로벌한 삶을 사는 데 필수 사항이기 때문에 중요하다. 물론 대한민국 안에서만 일하려면 하지 않아도 되는데 그러기에 세상은 너무 넓다. 문서 작성은 실무 업무 능력 강화를 위해 필요한 것이다. 그리고 마지막으로 사람들과 사이좋게 지내라는 것은 너무나도 당연한 말이 아닌가.

공연 기획자를 꿈꾸는 사람들은 늘 긍정적이어야 한다고 생각한다. 나는 거의 무한 긍정에 가깝다. 사실 좋은 일 아닌가. 훈훈한 세상을 만들기 위한 일을 하고 있으니 긍정적일 수밖에 없는 것 같다.

또 처음부터 공연 기획자가 되어서 큰돈을 벌겠다는 생각으로 이 일을 시작하는 것은 맞지 않다. 예전에 강의할 때 많이 하던 이야기가 있다.

"나는 내 직업에 99퍼센트 만족한다."

사실 99퍼센트도 엄청난 것이다. 만족하지 못하는 1퍼센트는 내가 생각하던 것보다 돈을 좀 못 번다는 것이었다. 물론 엄청난 돈을 생각한 것도 아니었다. 그만큼 굉장히 적다는 말이다.

그런데 요즘은 100퍼센트 만족한다고 말한다. 이제 돈도 전보다는 잘 버는 것 같으니까. 예전에 찌글찌글했던 시절을 생각해 보면 지금은 너무 좋다. 이러한 자기만족을 위해 조금 힘든 시간을 각오하고 있다면 나는 공연 기획자들이 많아지는 것은 굉장히 환영할 만한 일이라고 생각한다. 아마 틀림없이 20, 30년 정도 후에는 이 일을 하면서 돈도 꽤 많이 벌 수 있다고 말하는 사람들도 생길 것이라고 본다. 나처럼 고생하지 않아도 말이다. 시장이 조금 더 커질 거라고 생각하기 때문이다.

내가 한 가지 또 중요하게 생각하는 것은 공연 일을 하는 사람들은 모두 대표가 되어야 한다는 것이다. 회사는 중요하지 않다고 본다. 함께 일하는 사람들이 중요한 것이다. 나의 지론은 '큰 집이든 작은 집이든 남의 집에 백날 일 다녀 봐야 소용없다'는 것이다. 그것은 아티스트도 마찬가지다. "내가 마이클 잭슨 공연을 함께하는 밴드의 멤버야." 하는 것은 아무 의미 없다. 마이클 잭슨은 이름을 걸고 노래하는데 나는 뒤에서 기타를 치고 있는 것이다. 중요한 것은 자기 것을 가져야 한다는 말이다.

결국 기획자는 스스로 창의적인 사고를 길러 내야 하고, 또한 철저히 준비된 사람이어야 한다. 긍정 안에서 지속적인 노력을 해야 하는 직업이다.

국제적인 네트워킹

전 세계의 아티스트들이 앞다투어 자라섬을 찾고 있다. 〈자라섬 국제재즈페스티벌〉은 1년에 한 번 열리지만, 참가를 원하는 아티스트들의 지원은 끊임없이 쏟아지고 있다. 메일을 통해 자신을 홍보하는 아티스트들이 무척 많아졌고, CD를 제작해 사무실로 보내는 이들도 많다. 그러나 초청을 못 하게 될 경우에는 실망감이 클 것 같아서 일일이 답장을 보낼 수는 없다. 무척 미안한 마음이 든다.

페스티벌에 쓰이는 예산은 항상 부족하다. 그래서 비용 절감을 위해 여러 가지 프로그램을 구상한다. 아티스트를 섭외할 때도 전략적인 방법이 필요하다. 예를 들어 한 나라에 초점을 맞추는 것이다. 만약 올해는 네덜란드에 초점을 맞춘다면, 내년에는 폴란드, 그다음 해에는 스웨덴 등에서 아티스트를 초청하는 형태다. 한 나라에서 4~5개 정도의 밴드를 초청해 다양한 무대를 꾸미면, 그 나라 정부를 비롯해 대사관에서도 전폭적인 지원을 해 주기 때문이다.

자라섬 무대에 선다고 하면 자국에서 지원금을 받는 데 굉장히 유리할 정도로 페스티벌의 인기가 높아졌다. 특히 유럽의 연주자들은 〈자라섬국제재즈페스티벌〉에 참가하기 위해 자국에서 항공료와 출연료를 지원받아 오기도 한다. 이것은 자국의 음악을 홍보할 수 있는 국제적인 장으로써 〈자라섬국제재즈페스티벌〉이 인정받고 있다는 말이다. 또한 페스티벌이 갖는 문화적인 힘을 말해 주기도 한다.

자국에서 받을 수 있는 지원금의 크기는 아티스트에 따라 다르다. 이름만 들어도 알 수 있는 전설적인 아티스트의 경우에는 지원을 거의 받지 않는다. 이미 충분한 인지도가 갖춰져 국가에서 지원해 줄 필요가 없기 때문이다. 이러한 경우에는 비용이 발생하더라도 페스티벌 측에서 초청하는 편이다.

그런데 이러한 전설적인 아티스트들을 초청하고 싶어도 할 수 없는 시기가 곧 도래한다. 전 세계적으로 전설적인 아티스트 반열에 오른 사람들의 나이가 이미 70대 중후반 이상이 되었기 때문이다. 이들은 10년 후면 투어를 다닐 수 없게 되거나 사망할 가능성이 매우 높다. 재즈의 발생지라고 불리는 미국에서는 약 10년 후면 '재즈의 블랙아웃'이 일어날 것이라고까지 말한다. 왜냐하면 전설적인 아티스트라고 칭할 만한 사람이 모두 사라지고 그 다음 세대가 좀처럼 보이지 않기 때문이다.

반면 유럽에서는 계속해서 재즈 씬이 발전하고 있는데, 이는 지난 20여 년간 국가에서 많이 지원해 준 덕분이다. 10여 년 전만 해도, 유럽 재즈 페스티벌의 헤드라이너는 90퍼센트 이상 미국의 전설적인 아티스트들이 장악했다. 그런데 지금은 그 비율이 매우 낮아져서 거의 30퍼센트 미만으로 줄어 든 것 같다. 이것은 미국 재즈 시장의 영향을 받지 않는 독립적인 유럽 재즈 시장이 생겼다는 말이다. 유럽 재즈 씬이 성장하면서 미국 아티스트들에게 내줬던 자리를 다시 찾아가는 과정으로 볼 수 있다.

그간 재즈의 본고장이라는 이유만으로 미국의 아티스트들은 상대적으로 우위에 놓였다. 그러나 재즈가 전 세계적으로 연주되는 음악이 되면서 실력만으로 모든 것을 말해야 하는 상황이 된 것이다. 결국 미국의 재즈 아티스트들이 유럽에서 활동하기 위해서는 유럽 아티스트들과 협연의 기회를 많이 만들고, 음반을 함께 녹음하는 작업도 활발하게 이루어져야 한다. 반대로 유럽이나 아시아의 재즈 아티스트들도 이러한 노력을 하고 있다. 재즈는 상호 교류가 중요하며, 실제 교류가 쉬운 장르다.

나는 개인적으로 비약적인 발전을 이루고 있는 유럽 재즈 씬에 관심이 많다. 그래서 〈자라섬국제재즈페스티벌〉에 유럽 아티스트들을 많이 소개하고 있다. 비록 국내에는 잘 알려지지 않은 아티스트라 할지라도, 현재 왕성하게 활동하고 있는 아티스트라면 과감하게 소개한다. 이것은 페스티벌의 중요한 의무 중 하나다.

물론 인지도가 낮은 아티스트일 경우 국내에서의 단독 공연은 불가능하다. 경제적인 문제에서 벗어날 수 없기 때문이다. 만약 초청하고 싶은 아티스트가 있을 경우에는 인접 국가들과 정보를 공유해 아시아 투어 공연을 할 수 있는 무대를 만들어 준다. 홍콩이나 중국, 일본 등과 아티스트를 공유함으로써 페스티벌의 경제적인 부담을 줄임과 동시에 아티스트에게는 인지도를 높일 수 있는 기회를 제공한다. 실제 아시아 재즈 커뮤니티의 국제적인 네트워킹은 〈자라섬국제재즈페스티벌〉을 중심으로 원활하게 이루어지고 있다.

하지만 〈자라섬국제재즈페스티벌〉이 해외 아티스트들만을 위한 연주 공간은 아니다. 이제는 국내 연주자들에게도 꿈의 무대로 인식되어, 다양한 출연 요청을 받고 있다. 공연할 팀을 선발하는 나만의 기준이 있다. 그중 하나는 최근에 음반이 출시되었는지 여부다. 음반을 발표했다는 것은 자기 음악을 꾸준히 해 왔다는 것이며, 또한 자신의 음악을 책임질 수 있다는 말이다. 활동의 기회를 갖고자 꾸준히 노력하는 아티스트들을 위해 페스티벌은 도움이 되어야 한다는 생각에서 선별하게 된다.

다른 기준으로는 해외 유명 아티스트와 협연해 새로운 음악을 만드는 경우다. 앞서 말했듯 재즈는 교류가 중요한 장르이기 때문이다. 페스티벌을 통해 해외 유명 아티스트들과 한무대에 설 기회를 주는 것은 국내 아티스트에게도 큰 의미가 있다. 자신이 유명 아티스트와 연주했다는 것은 그 유명 아티스트가 자신을 인정했다는 증거가 되기 때문이다.

이러한 일들을 구현하는 것이 페스티벌 프로그래밍이라고 생각한다. 조금 더 욕심을 내 본다면 해외 유명 아티스트나 국내 아티스트 간의 협연을 통해, 지속 가능한 프로젝트 음반을 출시하는 것이다. 이것은 당연히 처음 듣게 되는 음악일 가능성이 높다. 새로운 것을 보여준다는 것, 나는 이러한 부분을 매우 중요하게 생각한다.

대한민국은 국제화를 부르짖고 있지만, 아직 국제화되지 않은 나라다. 그렇기에 국내 연주자와 해외 연주자의 협연은 더욱 큰 의미를 가진다. 많은 무대에 오른 연주자만이 다양한 경험을 쌓을 수 있다. 더군다나 자신이 좋아하는 아티스트와 연주를 할 수 있다면 큰 시너지가 발현된다. 숨겨져 있던 '자신 안의 음악 본능'을 발휘할 수 있게 된다는 말이다. 또한 협연의 경험이 많은 연주자일 경우 유명 아티스트들과 어깨를 나란히 해도 크게 실수를 하지 않는다. 그리고 해외 유명 아티스트들이 밴드를 만들 때, 국내 아티스트를 영입할 수도 있을 것이다. 장기적으로 이러한 프로젝트는 해외 공연의 기회가 늘어날 뿐만 아니라, 무대에 대한 경험이 쌓이며 국제적인 아티스트를 배출하는 과정이 될 것이다.

나는 항상 열심히 생각하고 열심히 이야기하다 보면 언젠가 기회는 온다고 생각한다. 그래서 원하는 것을 자주 이야기하곤 하는

데, 그중 하나가 바로 음악 학교를 짓고 싶다는 것이다. 그러나 언제쯤 실현될지는 모르겠다. 훌륭한 아티스트를 만드는 것만큼이나 국제적인 아티스트를 만드는 것도 중요하기 때문에 조금 색다른 시스템을 갖춘 학교를 만들고 싶다. 앞으로 다가올 국제화 시대에 대비해 특색 있는 교육방식으로 아티스트를 양성할 필요가 있다. 해외 아티스트들과 접할 수 있는 기회가 많이 주어지고, 세계 음악 트렌드를 시차 없이 제공함으로써 이 학교에서 교육받은 젊은 연주자들이 해외 어디에서도 그 나라의 아티스트들과 쉽게 교류할 수 있는, 준비된 아티스트로 만들고 싶다. 자라섬의 국제적인 네트워킹을 십분 활용해 아름다운 자연으로부터 음악적 영감을 받을 수 있는 가평에서 국제적인 아티스트를 양성하고 싶다. 대한민국 최고의 음악 특화 지역으로 발전할 수 있는 필요충분조건을 가평은 모두 갖추고 있다.

영원히 사라지지 않을 음악, 재즈

2011년, 유네스코 총회에서는 재즈가 가진 특별한 의미와 가치를 인정해 매년 4월 30일을 '세계재즈의날'로 지정했다. 국적과 문화 그리고 인종과 세대를 넘어 사람들 사이의 평화와 소통을 증진하는 자유롭고 창의적인 원동력으로 재즈가 가지는 보편적 가치를 널리 알리고자 이날을 '세계재즈의날'로 지정한 것이다.

지금까지 재즈 씬에서 줄곧 일해 온 재즈 기획자의 한 사람으로서 유네스코의 '세계재즈의날' 지정 취지에 100퍼센트 공감하며 지금까지 재즈와 직접적으로 관련된 일을 계속해 오는 과정은 재즈음악만이 가지는 특별한 가치를 확인하는 시간들이었다고 해도 과언이 아닐 정도로 재즈는 정말 특별한 그 무엇인가가 있다.

나는 그것을 우정과 관용이라고 생각한다. 재즈라는 음악을 매

개체로 하여 처음 만나는 뮤지션이 즉석에서 협연을 하고 세계적인 아티스트와 관객이 스스럼없이 대화를 하며 재즈를 좋아한다는 이유만으로 낯선 사람이 금방 서로 친구가 되기도 하고 무대 위에서 모두가 평등하게 서로를 존중하며 연주하는 음악, 그래서 재즈는 어려운 음악이라는 고정관념에도 불구하고 그 어떤 장르와도 비교할 수 없는 포용성을 바탕으로 재즈가 생긴 지 100여 년 만에 전 세계에서 연주되는 음악이 된 것이다.

재즈가 어려운 음악이라고 하는 고정관념은 비단 우리나라뿐만 아니라 재즈의 발생지인 미국을 비롯한 전 세계 어느 곳에서도 일정 부분 공유되고 있는 생각이다. 나는 세상에 어려운 음악은 없다고 생각한다. 다만 공감할 수 있는 음악인지 아니면 전혀 공감할 수 없는 음악인지로 구분할 뿐이다. 당연히 개인에 따라 그 공감의 폭이 모두 다를 것이고 그것은 개인의 예술적 취향과 경험 그리고 학습의 정도에 따라서 달라질 것이다.

예술은 지극히 주관적인 것이고 음악 또한 예술을 구성하는 중요 장르 중 하나이기 때문에 음악 역시 다분히 주관적일 수밖에 없다. 그래서 사람들은 그 폭을 넓히며 그 속에서 즐거움을 극대화하기 위해서 학습을 하는 것이고 예술적 체험을 위해 공연장과 전시장을 찾는 것이라고 생각한다. 재즈도 역시 그런 면에서는 아는 만큼 들리는 음악이라고 해도 크게 틀린 말은 아닐 것이다.

하지만 너무 부담스럽게 생각할 필요는 없다. 왜냐하면 우리가 재즈를 몰라도 일상생활하는데 하등의 불편함이 없기 때문이다. 다만 세상에 너무나도 많은 먹거리가 있는 것처럼 너무나도 많은 음악이 있어서 건강한 육체를 위해 다양한 영양분을 섭취하듯이 건강한 정서를 위해 다양한 음악을 들을 수도 있다는 차원에서 재즈를 바라본다면 좋지 않을까 하는 생각을 해 본다.

그래서 나는 되도록 많은 사람들에게 재즈 듣기를 권한다. 다양한 음악을 접할 수 있는 가운데 재즈도 하나의 음악으로 들어 보길 권하는 것이다. 재즈가 얼마나 창의적이고, 아름다운 음악인지 공유하고 싶은 것이다.

설사 그것이 매우 전위적인 음악이라 할지라도 막상 공연장에서 아티스트의 훌륭한 무대를 관람한 뒤에는 전위적이라는 단어의 사전적 의미를 이해할 필요조차 없어진다. 그저 감동과 공감만 남는다. 그러나 음악은 앞서 말한 것처럼 주관적이기에 개인의 취향에 따라 마음에 들 수도, 안 들 수도 있다. 그래서 나는 재즈가 단지 어려운 음악이라는 고정관념을 가질 필요가 없다고 생각한다.

재즈는 이미 우리 일상생활 속에 깊숙이 들어와 있는 음악이다. 우리가 생활 속에서 쉽게 접하는 영화나 드라마 그리고 CF의 배경음악 중 상당히 많은 부분이 재즈임에도 불구하고 사람들이 "재즈는 어렵다"라고 느끼는 것은 재즈에 대한 선입견 때문이다. 예를 들어 영화를 볼 때 흘러나오는 음악이 좋다고 생각하다가도, 영상을 들어내고 음악만을 들려주면 "어렵다."라고 느낀다. 이러한 선입견은 재즈를 잘 몰라서 생기는 것이다.

그리고 이러한 선입견을 불러오는 가장 큰 이유는 재즈만의 특징인 즉흥연주와 복잡한 듯 보이는 연주의 진행 방식 그리고 종잡을 수 없을 정도로 다양한 얼굴로 변모해 버린 재즈의 발전 과정 때문이다.

미국의 유명한 재즈 트럼펫 연주자였던 마일즈 데이비스는 재즈에 대해 아주 쉽게 설명했다.

"재즈는 처음에는 다 같이 연주하고,
그다음에는 각각 혼자서 연주한다.
그리고 연주를 끝낼 때는
다시 함께 연주하는 것이 재즈다."

재즈를 연주할 때 "처음에는 다 같이 연주한다."라는 말은 그 곡의 테마를 제시한다는 말이다. 그리고 "각각 혼자서 연주한다." 는 말은 앞서 제시된 테마를 가지고 자신의 솔로를 즉흥으로 연주하여 자신의 생각을 표현한다는 말이다. 이것은 일종의 대화와 같다.

"너(기타)는 이렇게 생각하는구나. 그럼 나(피아노)는 이렇게 생각하지."

한 주제를 놓고 각기 다른 아티스트들의 대화(연주)가 이어지는 것이다. 자신만의 재즈적 어법으로 주제에서 벗어나지 않는 연주(대화)를 하는 것이다. 그리고 마지막에는 우리가 이런 테마를 가지고 연주했다고 하는 것을 "끝낼 때는 다시 함께 연주하는 것"이라고 너무나도 쉽게 설명한 것이다.

그런데 재즈의 특성인 즉흥연주는 매 공연마다 내용이 다르다. '즉흥'이라는 말이 내포하고 있듯, 같은 주제 안에서 다른 시간 차를 두고 연주할 때 똑같은 말(연주)을 앵무새처럼 반복할 수 없기 때문이다. 다시 말해서 즉흥연주가 이뤄지는 동안 연주자는 순간적인 작곡을 하고 있다고 생각해도 무방하며 그 작곡의 내용은 비록 같은 테마라 하더라도 연주할 때마다 달라진다는 말이다.

재즈는 이렇게 창의적인 음악이고 그래서 지금도 바흐와 모차르트를 연주하는 클래식을 작곡가의 음악이라고 한다면 재즈는 연주자의 음악이라고 하는 것이다.

무대에서 재즈 연주자간의 대화를 관객이 듣고 이해한다고 가정해 보라. 이것은 사회적으로 매우 첨예한 주제를 놓고 격렬하게 논쟁을 벌이는 TV 프로그램 〈100분 토론〉을 보는 것보다 훨씬 재미있을 것이다. 그들은 음악을 연주하고 있기 때문이다.

실제 재즈 공연에서는 무대 위 아티스트들 사이에서 눈에 보이지 않는 음악적 기싸움이 일어나기도 한다. 쓸데없이 말이 많은 사람, 자신만이 더 돋보이고자 하는 사람, 아무런 성의 없이 대화에 임하는 사람들이 무대 위에서 순간적인 대화를 하고 있다면 이것은 틀림없이 언쟁으로 변할 수도 있을 것이다.

또한 시기와 질투가 생길 수도 있고, 용기를 북돋울 수도 있으며, 상대가 더 빛나도록 도와줄 수도 있다. 인간 삶의 모든 모습이

—

삶을 연주하는 방법은

누구도 같을 수 없다.

무대 위에서 연주를 통해 즉흥적으로 표현되고 있는 것이라 해도 과언이 아니다. 그래서 재즈는 서로에 대한 배려와 관용이 무엇보다도 중요한 장르이다.

재즈 공연 기획자로서 지금까지 수천 명의 재즈 아티스트들과 일해 오면서 내가 느낀 것은 거장의 반열에 오른 모든 재즈 아티스트들은 예외 없이 성숙한 인격의 소유자였으며 끊임없는 즉흥연주 속에서 타인에 대한 배려와 관용을 체득한 사람들이었고 누구와도 쉽게 친구가 될 수 있는 소탈한 성격의 사람들이었다는 공통점이 있다.

재즈의 매력을 알게 된 사람들은 흔히 '재즈는 인생의 가장 마지막 순간까지 듣게 되는 음악'이라고 말한다. 그만큼 재즈는 위대한 음악이다. 나는 지구 상에서 사람과 음악이 공존하는 한 결코 사라지지 않을 음악이 재즈라고 확신한다.

백 스 테 이 저

공연 기획자는 자기가 하고자 하는 일을 다른 사람들과 즐겁게 공유할 수 있고, 그 속에서 스스로 즐거워하는 사람이다. 내가 높이 사는 기획자 중에 이선철이라는 친구가 있다. 이 친구는 굉장히 친자연적인 삶을 살고자 하는데 그래서 지금은 문화예술계를 떠나 평창에서 〈감자꽃스튜디오〉를 운영 중이다. 그런데 문화예술계를 완전히 떠난 것도 아니다. 실제 평창으로 내려간 이선철은 그곳에서도 기획자로서의 근성을 버리지 못하고 일을 벌였다.

〈감자꽃스튜디오〉는 자연과 예술, 그리고 지역을 핵심 가치로 지향하는 문화공간이자 단체다. 창의적이고 문화적인 공간과 프로그램 기획을 통해 지역 문화 발전과 활성화를 위해 힘쓰고 있다. 이를 위해 강원도 평창의 산촌 폐교를 개조해 스튜디오로 활용하고, 울릉도에는 농가주택을 활용한 소규모 레지던스도 운영 중이다. 이외에도 전통시장 안의 대안문화공간으로 주문진 시장에 〈꽁치극장〉, 춘천낭만시장에 〈낭만살롱〉을 조성하기도 했다.

이선철은 자신의 축적된 경험을 통해 문화예술기획과 교육, 관련단체의 경영과 문화공간 조성, 축제 기획, 재래시장 활성화, 생태관광과 마을 계획, 문화 복지 등 여러 분야에서 문화예술과 지역이 만나는 접점을 만들어 낸 친구다.

내가 보기에 이선철은 어쩔 수 없이 타고난 기획자다. 그리고 준비된 기획자이며 소셜 네트워킹의 왕자다. 나도 그의 네트워크 안에 들어가 있다는 것은 무척 다행스러운 일이다.

내가 돈도 없고 찌글찌글했을 당시 가요 음반을 딱 한 번 만들어 홍보하러 다닌 적이 있다. 포크록을 하는 '비온 뒤'라는 그룹을 만들었다. 이 그룹을 만든 이유가 있었다. 당시 청소년들이 학교에서 단체로 수련원에 많이 갔다. 2박 3일 정도 극기 훈련도 하고 여러 가지 교육을 받았는데 마지막 날이 되면 조교들이 공연을 해 주었다. 일명 '오빠 부대'가 탄생하는 순간이었다. 그 공연을 본 여학생들이 홀딱 반해 버리는 것이다. 그래서 퇴소하며 조교들이 학생들에게 농담 삼아 이렇게 말하곤 했다.

"우리 소식이 궁금하면 〈별이 빛나는 밤에〉로 엽서를 보내세요."

그러면 정말 하루 엽서가 수백 통이 넘게 들어왔다. 나는 그걸 보며 우리도 팀을 만들어 수련원 조교로 위장 취업을 시키자, 하는 생각에까지 이르렀다. 실제 음악을 하던 친구들이었기에 공연을 잘할 것이라 생각했고, 엽서를 통해 이름이 알려지면 음반도 많이 틀어 주지 않겠나, 하는 생각에서였다. 그래서 정말 음악하는 친구들을 청소년 수련원에 조교로 취업시켰다.

이후 공연도 두어 번 하며 잘될 거라 생각하고 있었는데 그때 IMF가 터졌다. 수련원을 보내는 학교는 급격히 줄었고, 우리는 데뷔와 동시에 은퇴해야 하는 개점휴업 상태가 되었다. 뭐 좀 해보려고 했는데 이렇게 안 되나, 라는 생각이 들었다. 정말 학생들의 폭발적인 반응이 나오려고 하는 찰나였다.

다시 방법을 찾았다. 방송국에서 가서 직접 홍보를 하는 것이었다. 그런데 쉬운 일이 아니었다. 방송국 안은 목숨 걸고 새 음반을 홍보하려는 매니저들로 이미 가득했다. 그리고 다들 알지 않는가. 방송국 PD들은 신인 음반은 정말 눈길도 잘 안 준다.

자존심이 상했지만 그만둘 수 없었다. 나는 음반 재킷을 목걸이로 만들어 목에 걸고 방송국에 들어갔다. PD들에게 인사할 때마다 목걸이처럼 만든 음반 재킷을 보여 주며 홍보를 했다. 반응은 생각했던 그대로였다.

"별 미친놈 다 보겠네."

당시 PD를 하던 대학 동창들이 몇몇 있었는데 그 친구들은 나에게 이렇게까지 말했다.

"재진아, 제발 좀 오지 마라. 내가 대신 말해 줄게."

PD들은 혹시나 생길 오해를 방지하기 위해 서로 특정인에 대한 홍보는 하지 않는데, 내가 정말 안쓰러워 보였는지 동창들이 나서 주었다. 이후 라디오에서 음반이 간혹 소개되기는 했지만 크게 알려지지는 않았다.

그때도 지금도 변하지 않은 나의 모습이 있다. 얼마 전 알고 지내던 교수님과 일산의 장례식장에 가는 길이었다. 자유로를 빠져나와 일산으로 들어가려는데 차가 굉장히 막혔다. 차가 막히면 늘 그렇듯 오징어나 팝콘, 음료를 파는 사람들이 곳곳에 서 있다. 그런데 그날은 룸살롱 홍보를 나온 젊은 친구가 서 있었다. 차량이 정체되어 차가 서면 달려와 박카스를 주며 업소 홍보를 했다. 그 젊은이를 보며 옆에 있던 교수님이 말을 꺼냈다.

"난 지금도 저건 못하겠네. 때려죽여도 저건 못하겠어."

그런데 나는 그때도 바로 대답할 수 있었다.

"저는 지금이라도 할 수 있어요."

교수님이 다시 확인했다.

"정말?"

"네, 그럼요. 지금이라도 할 수 있어요."

내가 가진 기본적인 생각은 이렇다. 그 친구가 비록 룸살롱 홍보를 하고 있지만 그것은 그 사람의 직업이라는 것이다. 자신이 구걸하는 것이 아니라는 말이다.

내가 만든 상품이 있고, 내가 만든 공연, 음반이 있다. 그때 그걸 가지고 나가서 팔고, 알리는 것은 전혀 창피한 게 아니라는 말이다. 룸살롱을 홍보했던 젊은 사람의 가정사가 어떤지는 잘 모르겠으나 실제 부양해야 할 가족이 있을 수도 있고, 병든 노모가 있을 수도 있다. 절박한 상황일 수도 있다는 말이다.

나는 지금도 내가 직업으로 삼은 일에 대해서는 무슨 홍보든 할 수 있다. 예를 들어 예술가가 자기의 작품을 사 달라고 이야기하는 것은 자존심이 상하는 일도 아니고, 충분히 할 수 있는 일이라는 말이다. 마찬가지로 기획자도 자기가 만든 상품이나 그 무엇이되었든 얼마든지 알릴 수 있어야 한다는 말이기도 하다. 그래서난 지금도 그렇게 할 수 있다.

나는 기본 백그라운드를 공연 기획자로 시작해 그것이 발전해 페스티벌 디렉터가 되었다. 앞서 말했지만 "인재진이 뭘 하는지 그 내용은 잘 모르지만 어쨌든 도와줘야 하는 놈"이라고 하는 것의 가장 근간이 되는 것은 그동안 내가 나름대로 괜찮은 콘텐츠를 취급했다는 말이기도 하다. 아직 철이 안 들어서 그런지 어려운 때가 참 많았는데도 꼭 돈을 엄청나게 벌어야 한다는 생각보다는 다른 사람이 하지 않는 멋진 콘텐츠를 만들어야겠다는 생각이 지배적이었다.

—

모든 축제에서 가장 빛날 수밖에 없는 이름,

백스테이저

"이게 멋진 것이 될 거야."

내 나름대로 판단이 서면 정말 수단과 방법을 가리지 않고 그것을 만들었다. 그러다 보니 사실 주변 사람들에게 민폐를 끼치게 되었다. 그래서 내가 만든 말이 '민폐 마케팅'이다.

예를 들어 돈을 꿔서라도 내가 하고자 하는 일을 끝내는 하고 만다. 그리고 나서는 나 몰라라 하는 것이다. 민폐로 일관된 기획자다. 우리 스태프들에게도 사실 마찬가지다. 〈자라섬국제재즈페스티벌〉 초기에는 18개월 동안 스태프들에게 급여를 주지 못했다. 그런데도 아무도 나간 친구가 없었다. 심지어는 월급날 스태프들이 각자 집에서 돈을 가지고 와서 회식을 했다. 그런데 나 또한 마찬가지로 혼자 살겠다고 몰래 숨어 녹즙을 챙겨 먹지는 않았다는 것이다. 늘 스태프들과 같이 먹었다. 같이 찌글찌글했다.

개인적으로 약간의 재능을 발견하게 된 것이 요리다. 가끔 우리 스태프들과 음식을 해 먹을 때가 있는데, 그때마다 10년 넘게 나와 함께 일한 자라섬재즈센터 김사희 팀장이 하는 말이 있다.

"대표님, 지금까지 먹어 본 것 중에
우리가 정말 힘들었을 때
대표님이 끓여 준 국수와 호박전이
제일 맛있었던 것 같아요."

지금의 상황에 이른 것을 그 친구는 무척 감계무량하다고 말한다. 우리에게도 정말 좋은 날이 왔다는 것에 대해서 말이다.

그런데 민폐 마케팅도 항상 주변 사람들에게 도움만 청했던 것은 아니었던 것 같다. 실제로 "인재진이 뭔가는 해내지 않을까", 라는 비전을 끊임없이 심어 주었던 것 같다.

이것은 우리 부모님도 마찬가지다. 어머니만큼은 늘 나를 응원해 주셨다. 우리 아들이 끝내는 뭔가 해낼 거라는.

"지금 내 곁을 떠나면
나중에 내가 잘되었을 때
후회하게 될 거야."

이런 말은 하지 않지만 기왕 고생한 거 좀 더 같이 고생한다는 생각을 주변 사람들에게 심어 주는 데 굉장히 능한 것 같다.

고통도 즐거움도 같이 할 수 있는 사람이 있는 반면 고통은 같이 하지만 즐거움을 같이 할 수 없는 아주 불행한 경우도 있고 고통조차 함께할 수 없는 사람들도 있다. 그런데 나는 고통과 즐거움을 같이 해야지만 완성되는 것 아닌가, 하는 생각을 한다.

그러나 그것은 의외로 굉장히 어려운 일이다. 사람들이 나에게 인복이 있다는 이야기를 많이 한다. 나는 그것에 100퍼센트 동의한다. 사실 내가 할 수 있는 일은 굉장히 제한적이다. 거의 없다고 말할 수 있을 정도라 생각한다. 정말 어려운 상황에 빠졌을 때마다 주변에서 누군가 도움을 주었다. 도움에는 업무적인 도움도 있지만 내가 혼자가 아니라는 용기를 주는 심적인 도움도 있다.

〈자라섬국제재즈페스티벌〉을 시작하고 3회까지 적자로 어마어마한 빚을 진 나에게 이문교 주사는 "내가 이거 당첨되면 감독님 빚 싹 다 갚아 드릴게요."라며 매주 로또를 구입해 보여 주었다. 물론 당첨이 되진 않았지만 내 고충을 이해하고 나누고 싶다는 그의 마음에 항상 큰 용기를 얻을 수 있었다. 정말 나는 내가 인복이 있다는 말에 심하게 공감한다.

어떤 사람은 내게 리더십이 있다고 얘기를 하기도 한다. 난 그렇게 생각하지 않는다. 전혀. 그냥 멀리 볼 것도 없이 나와 스태프들과의 관계를 놓고 봤을 때도 자상하게 무언가를 해 주며 챙기는 스타일은 아니다. 다만 유머러스하려고는 한다.

내 스타일 자체가 "나를 따르라." 이런 거는 아니다. 거의 모든 일을 자유방임으로 맡긴다. 굉장히 무신경한 편이다. 내가 이런 업무와 관련해서는 기본적인 트레이닝을 받아 본 적이 없는 사람이기 때문이다. 그러다 보니 스태프들을 관리할 때도 자유방임에 모든 것은 각자 자기가 알아서 한다, 라는 것이 내 기본적인 방침이다. 그런 것들이 굳이 이야기를 하자면 요즘은 맞는 것 같다. 내가 알고 있는 것을 그들도 다 알고 있기 때문이다.

예전에는 대표만이, 리더만이 알고 있는 노하우가 있었던 것 같은데 지금은 그렇지 않다. 모두가 정보를 공유하는 세상에 살고 있다. 그렇다면 우리가 일을 할 때 누구의 업무 지시를 받는 것이 중요한 것이 아니라 조금의 어드바이스를 받아 자기 것으로 만들어서 일을 하는 것이 중요하다는 것이다. 그래서 이러한 것을 리더십이라고 할 것도 없다고 말하는 것이다. 일종의 자유방임에 의한 자력갱생이기 때문에.

물론 일을 하는 과정에서 결별을 하게 된 스태프들도 있지만 나는 정말 불미스러운 일로 결별한 것이 아니라면 인연이 다한 것이라고 생각한다. 그래서 나가게 되는 스태프를 나 몰라라 하는 것은 아니고, 1회의 애프터서비스를 해 준다. 예를 들어 나가는 스태프가 일하고 싶은 곳이 있다면 어떤 방식이 되었든 간에 이야기를 잘 해서 적극 추천한다는 것이다. 왜, 그런 말도 있지 않나.

"의심가면 같이 일하지 말고
같이 일하면 의심하지 않는다."

그래서 보면 우리 사무실 분위기는 조금 다르다. 어떤 때는 스태프들이 나를 "아부지"라고 부르기도 한다.

나는 스태프들에게 항상 이야기한다.

"세상에서 네가 제일 행복한
사람이 되어라."

나는 공연은 기의 흐름이라고 생각한다. 이것은 무대 뒤에 있는 백스테이저들의 충만하고 밝은 기가 무대 위에 선 아티스트를 거쳐 관객들에게 전달되기 때문이다. 그리고 그렇게 전달된 기운은 다시 관객을 출발해 무대 위의 아티스트를 거쳐 백스테이저에게 전달된다. 이렇게 원활한 기의 흐름이 이루어질 때 그 공연은 성공적인 공연이 된다.

그런데 이때 어느 한 부분에서 흐름을 끊으면 실제 좋은 공연이 되기 어렵다. 예를 들어 스태프의 경우 공연을 준비하는 과정이 굉장히 지겹고 힘들기만 했다면 관객들에게 행복을 줄 수 없다는 말이다. 그래서 나는 스태프들에게 늘 강조한다.

"나는 세상에서
가장 행복하게 살기를 원하며
흥미진진한 날들이
계속되기를 원한다."

청춘은 찌글찌글한 축제다

copyright ⓒ 2014 인재진

지은이 인재진
프로필·본문 사진 나승열

1판 1쇄 인쇄 2014년 4월 10일
1판 1쇄 발행 2014년 4월 15일

대표 권대웅
편집 박희영 김지인 하별
디자인 여만엽
마케팅 노근수 신경혜

발행인 신혜경
발행처 마음의숲
출판등록 2006년 8월 1일(105 - 91 - 03955)
주소 서울시 마포구 동교로 144 - 13(서교동, 2층)
전화 (02) 322 - 3164~5 | 팩스 (02) 322 - 3166
마음의숲 페이스북 http://facebook.com/mindbook
값 12,000원 ISBN 978 - 89 - 92783 - 80 - 4 (03810)

마음의숲에서 단행본 원고를 기다립니다.
따뜻하고 생동감 넘치는 여러분의 글을 maumsup@naver.com으로 보내 주세요.

이 도서의 국립중앙도서관 출판시도서목록(CIP)은 e-CIP홈페이지(http://www.nl.go.kr/ecip)와 국가
자료공동목록시스템(http://www.nl.go.kr/kolisnet)에서 이용하실 수 있습니다.
(CIP제어번호: CIP2014010022)